朱自清

我们个天看花去

朱自清 著

中国致公出版社·北京

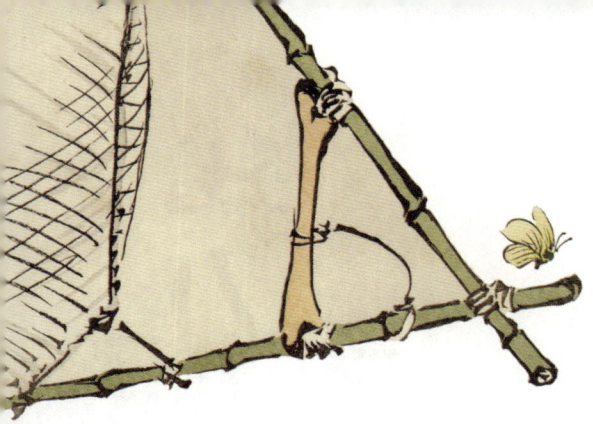

在青青的土泥上

白云中有我，
天风的飘飘，
深渊里有我，
伏流的滔滔；
只在青青的，青青的土泥上，
不曾印着浅浅的，隐隐约约的，我的足迹！

042	036	032	027	022	015	012	008	002
阿河	看花	冬天	新年的故事	给亡妇	儿女	背影	择偶记	我是扬州人

我们今天看花去

细雨东风里,
掠过我脸边,
星呀星的细雨,
是春天的绒毛呢。

052 春
054 秋
055 荷塘月色
059 桨声灯影里的秦淮河
069 白马湖
072 温州的踪迹
079 蒙自杂记
083 回来杂记

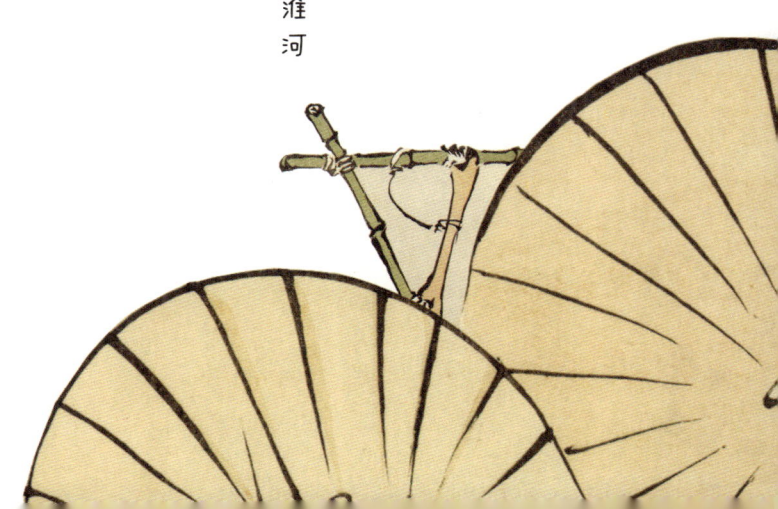

你要光明，你自己去造！

我们活着，
便该跳该叫。
生命给的欢乐，
谁也不会从我们手里夺掉。

090	092	096	099	103	109	115
匆匆	刹那	说话	话中有鬼	不知道	离婚问题与将来的人生	父母的责任

西行记

风澹荡，平原正莽莽，云树苍茫，苍茫，暮到离人心上。

128	133	140	144	151	158	165
吃的	博物院	滂卑故城	佛罗伦司	瑞士	荷兰	柏林

读书与文学

初读一本书，翻阅第一回觉得没味，便搁在一旁；隔了多日，偶然再翻第二回，却觉得渐入佳境，后来竟爱不释手。

174　清华的一日
176　买书
180　论百读不厌
187　论东西
190　论无话可说
193　论书生的酸气

好朋友是从知道姓名起的

风沙卷了,
先驱者远了。

204 鲁迅先生会见记

206 我所见的叶圣陶

212 中国学术界的大损失——悼闻一多先生

216 教育家的夏丏尊先生

218 怀魏握青君

221 房东太太

227 白采

在青青的土泥上

白云中有我,
天风的飘飘,
深渊里有我,
伏流的滔滔;
只在青青的,青青的土泥上,
不曾印着浅浅的,隐隐约约的,我的足迹!

我是扬州人

有些国语教科书里选得有我的文章,注解里或说我是浙江绍兴人,或说我是江苏江都人——就是扬州人。有人疑心江苏江都人是错了,特地老远的写信托人来问我。我说两个籍贯都不算错,但是若打官话,我得算浙江绍兴人。浙江绍兴是我的祖籍或原籍,我从进小学就填的这个籍贯;直到现在,在学校里服务快三十年了,还是报的这个籍贯。不过绍兴我只去过两回,每回只住了一天;而我家里除先母外,没一个人会说绍兴话。

我家是从先祖才到江苏东海做小官。东海就是海州,现在是陇海路的终点。我就生在海州。四岁的时候先父又到邵伯镇做小官,将我们接到那里。海州的情形我全不记得了,只对海州话还有亲热感,因为父亲的扬州话里夹着不少海州口音。在邵伯住了差不多两年,是住在万寿宫里。万寿宫的院子很大,很静;门口就是运河。河坎很高,我常向河里扔瓦片玩儿。邵伯有个铁牛湾,那儿有一条铁牛镇压着。父亲的当差常抱我去看它,骑它,抚摩它。镇里的情形我也差不多忘记了。只记住在镇里一家人家的私塾里读过书,在那里认识了一个好朋友叫江家振。我常到他家玩儿,傍晚和他坐在他家荒园里一根横倒的枯树干上说着话,依依不舍，不想回家。这是我第一个好朋友，可惜他未成年就死了；记得他瘦得很，也许是肺病罢？

六岁那一年父亲将全家搬到扬州。后来又迎养先祖父和先祖母。父亲曾到江西做过几年官，我和二弟也曾去过江西一年；但是老家一直在扬州住着。我在扬州读初等小学，没毕业；读高等小学，毕了业；读中学，也毕了业。我的英文得力于高等小学里一位黄先生，他已经过世了。还有陈春台先生，他现在是北平著名的数学教师。这两位先生讲解英文真清楚，启发了我学习的兴趣；只恨我始终没有将英文学好，愧对这两位老师。还有一位戴子秋先生，也早过世了，我的国文是跟他老人家学着做通了的，那是辛亥革命之后在他家夜塾里的时候。中学毕业，我是一八岁，那年就考进了北京大学预科，从此就不常在扬州了。

就在十八岁那年冬天，父亲母亲给我在扬州完了婚。内人武钟谦女士是杭州籍，其实也是在扬州长成的。她从不曾去过杭州；后来同我去是第一次。她后来因为肺病死在扬州，我曾为她写过一篇《给亡妇》。我和她结婚的时候，祖父已死了好几年了。结婚后一年祖母也死了。他们两老都葬在扬州，我家于是有祖茔在扬州了。后来亡妇也葬在这祖茔里。母亲在抗战前两年过去，父亲在胜利前四个月过去，遗憾的是我都不在扬州；他们也葬在那祖茔里。这中间叫我痛心的是死了第二个女儿！她性情好，爱读书，做事负责任，待朋友最好。已经成人了，不知什么病，一天半就完了！她也葬在祖茔里。我有九个孩子。除第二个女儿外，还有一个男孩不到一岁就死在扬州；其余亡妻生的四个孩子都曾在扬州老家住过多少年。这个老家直到今年夏初才解散了，但是还留着一位老年的庶母在那里。

我家跟扬州的关系，大概够得上古人说的"生于斯，死于斯，歌哭于斯"了。现在亡妻生的四个孩子都已自称为扬州人了；我比起他们更算是在扬州长成的，天然更该算是扬州人了。但是从前一直马马虎虎的骑在墙上，并且自称浙江人的时候还多些，又为了什么呢？这一半因为报的是浙江籍，求其一致；一半也还有些别的道理。这些道理第一桩就是籍贯是无所谓的。那时要做一个世界人，连国籍都觉得狭小，不用说省籍和县籍了。那时在大学里觉得同乡会最没有意思。我同住的和我来往的自然差不多都是扬州人，自己却因为浙江籍，不去参加江苏或扬州同乡会。可是虽然是浙江绍兴籍，却又没跟一个道地浙江人来往，因此也就没人拉我去开浙江同乡会，更不用说绍兴同乡会了。这也许是两栖或骑墙的好处罢？然而出了学校以后到底常常会到道地绍兴人了。我既然不会说绍兴话，并且除了花雕和兰亭外几乎不知道绍兴的别的情形，于是乎往往只好自己承认是假绍兴人。那虽然一半是玩笑，可也有点儿窘的。

还有一桩道理就是我有些讨厌扬州人；我讨厌扬州人的小气和虚气。小是眼光如豆，虚是虚张声势，小气无须举例。虚气例如已故的扬州某中央委员，坐包车在街上走，除拉车的外，又跟上四个人在车子边推着跑着。我曾经写过一篇短文，指出扬州人这些毛病。后来要将这篇文收入散文集《你我》里，商务印书馆不肯，怕再闹出"闲话扬州"的案子。这当然也因为他们总以为我是浙江人，而浙江人骂扬州人是会得罪扬州人的。但是我也并不抹煞扬州的好处，曾经写过一篇《扬州的夏日》，还有在《看花》里也提起扬州福缘庵的桃花。再说现在年纪大些了，觉得小气和虚气都可以算是地方气，决不止是扬州人如此。从前自己常答应人说自己是绍兴人，一半又因为绍兴人有些戆气，而扬州人似乎太聪明。

其实扬州人也未尝没戆气，我的朋友任中敏（二北）先生，办了这么多年汉民中学，不管人家理会不理会，难道还不够"戆"的！绍兴人固然有戆气，但是也许还有别的气我讨厌的，不过我不深知罢了。这也许是阿Q的想法罢？然而我对于扬州的确渐渐亲热起来了。

扬州真像有些人说的，不折不扣是个有名的地方。不用远说，李斗《扬州画舫录》里的扬州就够羡慕的。可是现在衰落了，经济上是一日千丈的衰落了，只看那些没精打采的盐商家就知道。扬州人在上海被称为江北老，这名字总而言之表示低等的人。江北老在上海是受欺负的，他们于是学些不三不四的上海话来冒充上海人。到了这地步他们可竟会忘其所以的欺负起那些新来的江北老了。这就养成了扬州人的自卑心理。抗战以来许多扬州人来到西南，大半都自称为上海人，就靠着那一点不三不四的上海话；甚至连这一点都没有，也还自称为上海人。其实扬州人在本地也有他们的骄傲的。他们称徐州以北的人为侉子，那些人说的是侉话。他们笑镇江人说话土气，南京人说话大舌头，尽管这两个地方都在江南。英语他们称为蛮话，说这种话的当然是蛮子了。然而这些话只好关着门在家里说，到上海一看，立刻就会矮上半截，缩起舌头不敢喷一声了。扬州真是衰落得可以啊！

我也是一个江北老，一大堆扬州口音就是招牌，但是我却不愿做上海人；上海人太狡猾了。况且上海对我太生疏，生疏的程度跟绍兴对我也差不多；因为我知道上海虽然也许比知道绍兴多些，但是绍兴究竟是我的祖籍，上海是和我水米无干的。然而年纪大起来了，世界人到底做不成，我要一个故乡。俞平伯先生有一行诗，说"把故乡掉了"。其实他掉了故乡又找到了一个故乡；他诗文里提到苏州那一股亲热，是可羡慕的，苏州就算是他的故乡了。他在苏州度过他的童年，所以提起来一点一滴都亲亲热热的，童年的记忆最单纯最真切，影响最深最久；种种悲欢离合，回想起来最有意思。"青灯有味是儿时"，其实不止青灯，儿时的一切都是有味的。这样看，在那儿度过童年，就算那儿是故乡，大概差不多罢？这样看，就只有扬州可以算是我的故乡了。何况我的家又是"生于斯，死于斯，歌哭于斯"呢？所以扬州好也罢，歹也罢，我总该算是扬州人的。

择偶记

　　自己是长子长孙，所以不到十一岁就说起媳妇来了。那时对于媳妇这件事简直茫然，不知怎么一来，就已经说上了。是曾祖母娘家人，在江苏北部一个小县份的乡下住着。家里人都在那里住过很久，大概也带着我；只是太笨了，记忆里没有留下一点影子。祖母常常躺在烟榻上讲那边的事，提着这个那个乡下人的名字。起初一切都像只在那白腾腾的烟气里。日子久了，不知不觉熟悉起来了，亲昵起来了。除了住的地方，当时觉得那叫作"花园庄"的乡下实在是最有趣的地方了。因此听说媳妇就定在那里，倒也仿佛理所当然，毫无意见。每年那边田上有人来，蓝布短打扮，衔着旱烟管，带好些大麦粉，白薯干儿之类。他们偶然也和家里人提到那位小姐，大概比我大四岁，个儿高，小脚；但是那时我热心的其实还是那些大麦粉和白薯干儿。

　　记得是十二岁上，那边捎信来，说小姐痨病死了。家里并没有人叹惜；大约他们看见她时她还小，年代一多，也就想不清是怎样一个人了。父亲其时在外省做官，母亲颇为我亲事着急，便托了常来做衣服的裁缝做媒。为的是裁缝走的人家多，而且可以看见太太小姐。主意并没有错，裁缝来说一家人家，有钱，两位小姐，一位是姨太太生的；他给说的是正太太生的大小姐。他说那边要相亲。母亲答应了，定下日子，由裁缝带我上茶馆。记得那是冬天，到日子母亲让我穿上枣红宁绸袍子，黑宁绸马褂，戴上红帽结儿的黑缎瓜皮小帽，又叮嘱自己留心些。茶馆里遇见那位相亲的先生，方面大耳，同我现在年纪差不多，布袍布马褂，像是给谁穿着孝。这个人倒是慈祥的样子，不住地打量我，也问了些念什么书一类的话。回来裁缝说人家看得很细：说我的"人中"长，不是短寿的样子，又看我走路，怕脚上有毛病。总算让人家看中了，该我们看人家了。母亲派亲信的老妈子去。老妈子的报告是：大小姐个儿比我大得多，坐下去满满一圈椅；二小姐倒苗苗条条的。母亲说胖了不能生育，像亲戚里谁谁谁；教裁缝说二小姐。那边似乎生了气，不答应，事情就吹了。

母亲在牌桌上遇见一位太太，她有个女儿，透着聪明伶俐。母亲有了心，回家说那姑娘和我同年，跳来跳去的，还是个孩子。隔了些日子，便托人探探那边口气。那边做的官似乎比父亲的更小，那时正是光复的前年，还讲究这些，所以他们乐意做这门亲。事情已到九成九，忽然出了岔子。本家叔祖母用的一个寡妇老妈子熟悉这家子的事，不知怎么教母亲打听着了。叫她来问，她的话遮遮掩掩的。到底问出来了，原来那小姑娘是抱来的，可是她一家很宠她，和亲生的一样。母亲心冷了。过了两年，听说她已生了痨病，吸上鸦片烟了。母亲说，幸亏当时没有定下来。我已懂得一些事了，也这么想着。

光复那年，父亲生伤寒病，请了许多医生看。最后请着一位武先生，那便是我后来的岳父。有一天，常去请医生的听差回来说，医生家有位小姐。父亲既然病着，母亲自然更该担心我的事。一听这话，便追问下去。

听差原只顺口谈天，也说不出个所以然。母亲便在医生来时，教人问他轿夫，那位小姐是不是他家的。轿夫说是的。母亲便和父亲商量，托舅舅问医生的意思。那天我正在父亲病榻旁，听见他们的对话。舅舅问明了小姐还没有人家，便说，像×翁这样人家怎么样？医生说，很好呀。话到此为止，接着便是相亲；还是母亲那个亲信的老妈子去。这回报告不坏，说就是脚大些。事情这样定局，母亲教轿夫回去说，让小姐裹上点儿脚。妻嫁过来后，说相亲的时候早躲开了，看见的是另一个人。至于轿夫捎的信儿，却引起了一段小小风波。岳父对岳母说，早教你给她裹脚，你不信；瞧，人家怎么说来着！岳母说，偏偏不裹，看他家怎么样！可是到底采取了折衷的办法，直到妻嫁过来的时候。

背影

　　我与父亲不相见已二年余了，我最不能忘记的是他的背影。

　　那年冬天，祖母死了，父亲的差使也交卸了，正是祸不单行的日子。我从北京到徐州，打算跟着父亲奔丧回家。到徐州见着父亲，看见满院狼藉的东西，又想起祖母，不禁簌簌地流下眼泪。父亲说："事已如此，不必难过，好在天无绝人之路！"

　　回家变卖典质，父亲还了亏空；又借钱办了丧事。这些日子，家中光景很是惨淡，一半为了丧事，一半为了父亲赋闲。丧事完毕，父亲要到南京谋事，我也要回北京念书，我们便同行。

　　到南京时，有朋友约去游逛，勾留了一日；第二日上午便须渡江到浦口，下午上车北去。父亲因为事忙，本已说定不送我，叫旅馆里一个熟识的茶房陪我同去。他再三嘱咐茶房，甚是仔细。但他终于不放心，怕茶房不妥帖；颇踌躇了一会。其实我那年已二十岁，北京已来往过两三次，是没有什么要紧的了。他踌躇了一会，终于决定还是自己送我去。我再三劝他不必去；他只说："不要紧，他们去不好！"

　　我们过了江，进了车站。我买票，他忙着照看行李。行李太多，得向脚夫行些小费，才可过去。他便又忙着和他们讲价钱。我那时真是聪明过分，总觉他说话不大漂亮，非自己插嘴不可，但他终于讲定了价钱；就送我上车。他给我拣定了靠车门的一张椅子；我将他给我做的紫毛大衣铺好座位。他嘱我路上小心，夜里要警醒些，不要受凉。又嘱托茶房好好照应我。我心里暗笑他的迂；他们只认得钱，托他们只是白托！而且我这样大年纪的人，难道还不能料理自己么？我现在想想，那时真是太聪明了。

我说道："爸爸，你走吧。"他往车外看了看说："我买几个橘子去。你就在此地，不要走动。"我看那边月台的栅栏外有几个卖东西的等着顾客。走到那边月台，须穿过铁道，须跳下去又爬上去。父亲是一个胖子，走过去自然要费事些。我本来要去的，他不肯，只好让他去。我看见他戴着黑布小帽，穿着黑布大马褂，深青布棉袍，蹒跚地走到铁道边，慢慢探身下去，尚不大难。可是他穿过铁道，要爬上那边月台，就不容易了。他用两手攀着上面，两脚再向上缩；他肥胖的身子向左微倾，显出努力的样子。这时我看见他的背影，我的泪很快地流下来了。我赶紧拭干了泪。怕他看见，也怕别人看见。我再向外看时，他已抱了朱红的橘子往回走了。过铁道时，他先将橘子散放在地上，自己慢慢爬下，再抱起橘子走。到这边时，我赶紧去搀他。他和我走到车上，将橘子一股脑儿放在我的皮大衣上。于是扑扑衣上的泥土，心里很轻松似的。过一会儿说："我走了，到那边来信！"我望着他走出去。他走了几步，回过头看见我，说："进去吧，里边没人。"等他的背影混入来来往往的人里，再找不着了，我便进来坐下，我的眼泪又来了。

近几年来，父亲和我都是东奔西走，家中光景是一日不如一日。他少年出外谋生，独力支持，做了许多大事。哪知老境却如此颓唐！他触目伤怀，自然情不能自已。情郁于中，自然要发之于外；家庭琐屑便往往触他之怒。他待我渐渐不同往日。但最近两年不见，他终于忘却我的不好，只是惦记着我，惦记着我的儿子。我北来后，他写了一信给我，信中说道："我身体平安，唯膀子疼痛厉害，举箸提笔，诸多不便，大约大去之期不远矣。"我读到此处，在晶莹的泪光中，又看见那肥胖的、青布棉袍黑布马褂的背影。唉！我不知何时再能与他相见！

儿女

　　我现在已是五个儿女的父亲了。想起圣陶喜欢用的"蜗牛背了壳"的比喻，便觉得不自在。新近一位亲戚嘲笑我说，"要剥层皮呢！"更有些悚然了。十年前刚结婚的时候，在胡适之先生的《藏晖室札记》里，见过一条，说世界上有许多伟大的人物是不结婚的；文中并引培根的话，"有妻子者，其命定矣。"当时确吃了一惊，仿佛梦醒一般；但是家里已是不由分说给娶了媳妇，又有什么可说？现在是一个媳妇，跟着来了五个孩子；两个肩头上，加上这么重一副担子，真不知怎样走才好。"命定"是不用说了；从孩子们那一面说，他们该怎样长大，也正是可以忧虑的事。我是个彻头彻尾自私的人，做丈夫已是勉强，做父亲更是不成。自然，"子孙崇拜""儿童本位"的哲理或伦理，我也有些知道；既做着父亲，闭了眼抹杀孩子们的权利，知道是不行的。可惜这只是理论，实际上我是仍旧按照古老的传统，在野蛮地对付着，和普通的父亲一样。近来差不多是中年的人了，才渐渐觉得自己的残酷；想着孩子们受过的体罚和叱责，始终不能辩解——像抚摩着旧创痕那样，我的心酸溜溜的。有一回，读了有岛武郎《与幼小者》的译文，对了那种伟大的，沉挚的态度，我竟流下泪来了。去年父亲来信，问起阿九，那时阿九还在白马湖呢；信上说，"我没有耽误你，你也不要耽误他才好。"我为这句话哭了一场；我为什么不像父亲的仁慈？我不该忘记，父亲怎样待我们来着！人性许真是二元的，我是这样地矛盾；我的心像钟摆似的来去。

你读过鲁迅先生的《幸福的家庭》么？我的便是那一类的"幸福的家庭"！每天午饭和晚饭，就如两次潮水一般。先是孩子们你来他去地在厨房与饭间里查看，一面催我或妻发"开饭"的命令。急促繁碎的脚步，夹着笑和嚷，一阵阵袭来，直到命令发出为止。他们一递一个地跑着喊着，将命令传给厨房里用人；便立刻抢着回来搬凳子。于是这个说，"我坐这儿！"那个说，"大哥不让我！"大哥却说，"小妹打我！"我给他们调解，说好话。但是他们有时候很固执，我有时候也不耐烦，这便用着叱责了；叱责还不行，不由自主地，我的沉重的手掌便到他们身上了。于是哭的哭，坐的坐，局面才算定了。接着可又你要大碗，他要小碗，你说红筷子好，他说黑筷子好；这个要干饭，那个要稀饭，要茶要汤，要鱼要肉，要豆腐，要萝卜；你说他菜多，他说你菜好。妻是照例安慰着他们，但这显然是太迂缓了。我是个暴躁的人，怎等得及？不用说，用老法子将他们立刻征服了；虽然有哭的，不久也就抹着泪捧起碗了。吃完了，纷纷爬下凳子，桌上是饭粒呀，汤汁呀，骨头呀，渣滓呀，加上纵横的筷子，欹斜的匙子，就如一块花花绿绿的地图模型。吃饭而外，他们的大事便是游戏。游戏时，大的有大主意，小的有小主意，各自坚持不下，于是争执起来；或者大的欺负了小的，或者小的竟欺负了大的，被欺负的哭着嚷着，到我或妻的面前诉苦；我大抵仍旧要用老法子来判断的，但不理的时候也有。最为难的，是争夺玩具的时候：这一个的与那一个的是同样的东西,却偏要那一个的;而那一个便偏不答应。在这种情形之下,不论如何,终于是非哭了不可的。这些事件自然不至于天天全有,但大致总有好些起。我若坐在家里看书或写什么东西,管保一点钟里要分几回心,或站起来一两次的。若是雨天或礼拜日,孩子们在家的多,那么,摊开书竟看不下一行,提起笔也写不出一个字的事,也有过的。我常和妻说,"我们家真是成日的千军万马呀!"有时是不但"成日",连夜里也有兵马在进行着,在有吃乳或生病的孩子的时候!

我结婚那一年,才十九岁。二十一岁,有了阿九;二十三岁,又有了阿菜。那时我正像一匹野马,哪能容忍这些累赘的鞍鞯,辔头和缰绳?摆脱也知是不行的,但不自觉地时时在摆脱着。现在回想起来,那些日子,真苦了这两个孩子;真是难以宽宥的种种暴行呢!阿九才两岁半的样子,我们住在杭州的学校里。不知怎地,这孩子特别爱哭,又特别怕生人。一不见了母亲,或来了客,就哇哇地哭起来了。学校里住着许多人,我不能让他扰着他们,而客人也总是常有的;我懊恼极了。有一回,特地骗出了妻,关了门,将他按在地下打了一顿。这件事,妻到现在说起来,还觉得有些不忍;她说我的手太辣了,到底还是两岁半的孩子!我近年常想着那时的光景,也觉黯然。阿菜在台州,那是更小了;才过了周岁,还不大会走路。也是为了缠着母亲的缘故吧,我将她紧紧地按在墙角里,直哭喊了三四分钟;因此生了好几天病。妻说,那时真寒心呢!但我的苦痛也是真的。我曾给圣陶写信,说孩子们的折磨,实在无法奈何;有时竟觉着还是自杀的好。这虽是气愤的话,但这样的心情,确也有过的。后来孩子是多起来了,磨折也磨折得久了,少年的锋棱渐渐地钝起来了;加以增长的年岁增长了理性的裁制力,我能够忍耐了——觉得从前真是一个"不成材的父亲",如我给另一个朋友信里所说。但我的孩子们在幼小时,确比别人的特别不安静,我至今还觉如此。我想这大约还是由于我们抚育不得法;从前只一味地责备孩子,让他们代我们负起责任,却未免是可耻的残酷了!

正面意义的"幸福",其实也未尝没有。正如谁所说,小的总是可爱,孩子们的小模样,小心眼儿,确有些教人舍不得。阿毛现在五个月了,你用手指去拨弄她的下巴,或向她做趣脸,她便会张开没牙的嘴咯咯地笑,笑得像一朵正开的花。她不愿在屋里待着;待久了,便大声儿嚷。妻常说,"姑娘又要出去溜达了。"她说她像鸟儿般,每天总得到外面遛一些时候。闰儿上个月刚过了三岁,笨得很,话还没有学好呢。他只能说三四个字的短语或句子,文法错误,发音模糊,又得费气力说出;我们老是要笑他的。他说"好"字,总变成"小"字;问他"好不好?"他便说"小",或"不小"。我们常常逗着他说这个字玩儿;他似乎有些觉得,近来偶然也能说出正确的"好"字了——特别在我们故意说成"小"字的时候。他有一只搪瓷碗,是一毛来钱买的;买来时,老妈子教给他,"这是一毛钱。"他便记住"一毛"两个字,管那只碗叫"一毛",有时竟省称为"毛"。这在新来的老妈子,是必须翻译了才懂。他不好意思,或见着生客时,便咧着嘴痴笑;我们常用了土话,叫他做"呆瓜"。他是个小胖子,短短的腿,走起路来,蹒跚可笑;若快走或跑,便更"好看"了。他有时学我,将两手叠在背后,一摇一摆的;那是他自己和我们都要乐的。他的大姊便是阿菜,已是七岁多了,在小学校里念着书。在饭桌上,一定得啰啰唆唆地报告些同学或他们父母的事情;气喘喘地说着,不管你爱听不爱听。说完了总问我:"爸爸认识么?""爸爸知道么?"

妻常禁止她吃饭时说话，所以她总是问我。她的问题真多：看电影便问电影里的是不是人？是不是真人？怎么不说话？看照相也是一样。不知谁告诉她，兵是要打人的。她回来便问，兵是人么？为什么打人？近来大约听了先生的话，回来又问张作霖的兵是帮谁的？蒋介石的兵是不是帮我们的？诸如此类的问题，每天短不了，常常闹得我不知怎样答才行。她和闰儿在一处玩儿，一大一小，不很合适，老是吵着哭着。但合适的时候也有：譬如这个往床底下躲，那个便钻进去追着；这个钻出来，那个也跟着——从这个床到那个床，只听见笑着，嚷着，喘着，真如妻所说，像小狗似的。现在在京的，便只有这三个孩子；阿九和转儿是去年北来时，让母亲暂时带回扬州去了。

阿九是欢喜书的孩子。他爱看《水浒》《西游记》《三侠五义》，《小朋友》等；没有事便捧着书坐着或躺着看。只不欢喜《红楼梦》，说是没有味儿。是的，《红楼梦》的味儿，一个十岁的孩子，哪里能领略呢？去年我们事实上只能带两个孩子来；因为他大些，而转儿是一直跟着祖母的，便在上海将他俩丢下。我清清楚楚记得那分别的一个早上。我领着阿九从二洋泾桥的旅馆出来，送他到母亲和转儿住着的亲戚家去。妻嘱咐说，"买点吃的给他们吧。"我们走过四马路，到一家茶食铺里。阿九说要熏鱼，我给买了；又买了饼干，是给转儿的。便乘电车到海宁路。下车时，看着他的害怕与累赘，很觉恻然。到亲戚家，因为就要回旅馆收拾上船，只说了一两句话便出来；转儿望望我，没说什么，阿九是和祖母说什么去了。我回头看了他们一眼，硬着头皮走了。后来妻告诉我，阿九背地里向她说："我知道爸爸欢喜小妹，不带我上北京去。"其实这是冤枉的。他又曾和我们说，"暑假时一定来接我啊！"我们当时答应着；但现在已是第二个暑假了，他们还在迢迢的扬州待着。他们是恨着我们呢？还是惦着我们呢？妻是一年来老放不下这两个，常常独自暗中流泪；但我有什么法子呢！想到"只为家贫成聚散"一句无名的诗，不禁有些凄然。转儿与我较生疏些。但去年离开白马湖时，她也曾用了生硬的扬州话（那时她还没有到过扬州呢），和那特别尖的小嗓子向着我："我要到北京去。"她晓得什么北京，只跟着大孩子们说罢了；但当时听着，现在想着的我，却真是抱歉呢。这兄妹俩离开我，原是常事，离开母亲，虽也有过一回，这回可是太长了；小小的心儿，知道是怎样忍耐那寂寞来着！

我的朋友大概都是爱孩子的。少谷有一回写信责备我，说儿女的吵闹，也是很有趣的，何至可厌到如我所说；他说他真不解。子恺为他家华瞻写的文章，真是"蔼然仁者之言"。圣陶也常常为孩子操心：小学毕业了，到什么中学好呢？这样的话，他和我说过两三回了。我对他们只有惭愧！可是近来我也渐渐觉着自己的责任。我想，第一该将孩子们团聚起来，其次便该给他们些力量。我亲眼见过一个爱儿女的人，因为不曾好好地教育他们，便将他们荒废了。他并不是溺爱，只是没有耐心去料理他们，他们便不能成材了。我想我若照现在这样下去，孩子们也便危险了。我得计划着，让他们渐渐知道怎样去做人才行。但是要不要他们像我自己呢？这一层，我在白马湖教初中学生时，也曾从师生的立场上问过丏尊，他毫不踌躇地说，"自然啰。"近来与平伯谈起教子，他却答得妙，"总不希望比自己坏啰。"是的，只要不"比自己坏"就行，"像"不"像"倒是不在乎的。职业，人生观等，还是由他们自己去定的好；自己顶可贵，只要指导，帮助他们去发展自己，便是极贤明的办法。

予同说，"我们得让子女在大学毕了业，才算尽了责任。"ＳＫ说，"不然，要看我们的经济，他们的材质与志愿；若是中学毕了业，不能或不愿升学，便去做别的事，譬如做工人吧，那也并非不行的。"自然，人的好坏与成败，也不尽靠学校教育；说是非大学毕业不可，也许只是我们的偏见。在这件事上，我现在毫不能有一定的主意；特别是这个变动不居的时代，知道将来怎样？好在孩子们还小，将来的事且等将来吧。目前所能做的，只是培养他们基本的力量——胸襟与眼光；孩子们还是孩子们，自然说不上高的远的，慢慢从近处小处下手便了。这自然也只能先按照我自己的样子："神而明之，存乎其人。"光辉也罢，倒霉也罢，平凡也罢，让他们各尽各的力去。我只希望如我所想的，从此好好地做一回父亲，便自称心满意。——想到那"狂人""救救孩子"的呼声，我怎敢不悚然自勉呢？

给亡妇

　　谦,日子真快,一眨眼你已经死了三个年头了。这三年里世事不知变化了多少回,但你未必注意这些个,我知道。你第一惦记的是你几个孩子,第二便轮着我。孩子和我平分你的世界,你在日如此;你死后若还有知,想来还如此的。告诉你,我夏天回家来着:迈儿长得结实极了,比我高一个头。闰儿父亲说是最乖,可是没有先前胖了。采芷和转子都好。五儿全家夸她长得好看;却在腿上生了湿疮,整天坐在竹床上不能下来,看了怪可怜的。六儿,我怎么说好,你明白,你临终时也和母亲谈过,这孩子是只可以养着玩儿的,他左挨右挨,去年春天,到底没有挨过去。这孩子生了几个月,你的肺病就重起来了。我劝你少亲近他,只监督着老妈子照管就行。你总是忍不住,一会儿提,一会儿抱的。可是你病中为他操的那一份儿心也够瞧的。那一个夏天他病的时候多,你成天儿忙着,汤呀,药呀,冷呀,暖呀,连觉也没有好好儿睡过。哪里有一分一毫想着你自己。瞧着他硬朗点儿你就乐,干枯的笑容在黄蜡般的脸上,我只有暗中叹气而已。

　　从来想不到做母亲的要像你这样。从迈儿起,你总是自己喂乳,一连四个都这样。你起初不知道按钟点儿喂，后来知道了，却又弄不惯；孩子们每夜里几次将你哭醒了，特别是闷热的夏季。我瞧你的觉老没睡足。白天里还得做菜，照料孩子，很少得空儿。你的身子本来坏，四个孩子就累你七八年。到了第五个，你自己实在不成了，又没乳，只好自己喂奶粉，另雇老妈子专管她。但孩子跟老妈子睡，你就没有放过心；夜里一听见哭，就竖起耳朵听，工夫一大就得过去看。十六年初，和你到北京来，将迈儿，转子留在家里；三年多还不能去接他们，可真把你惦记苦了。你并不常提，我却明白。你后来说你的病就是惦记出来的；那个自然也有份儿，不过大半还是养育孩子累的。你的短短的十二年结婚生活，有十一年耗费在孩子们身上；而你一点不厌倦，有多少力量用多少，一直到自己毁灭为止。你对孩子一般儿爱，不问男的女的，大的小的。也不想到什么"养儿防老，积谷防饥"，只拼命的爱去。你对于教育老实说有些外行，孩子们只要吃得好玩得好就成了。这也难怪你，你自己便是这样长大的。况且孩子们原都还小，吃和玩本来也要紧的。你病重的时候最放不下的还是孩子。病的只剩皮包着骨头了，总不信自己不会好；老说："我死了，这一大群孩子可苦了。"后来说送你回家，你想着可以看见迈儿和转子，也愿意；你万不想到会一走不返的。我送车的时候，你忍不住哭了，说："还不知能不能再见？"可怜，你的心我知道，你满想着好好儿带着六个孩子回来见我的。谦，你那时一定这样想，一定的。

除了孩子，你心里只有我。不错，那时你父亲还在；可是你母亲死了，他另有个女人，你老早就觉得隔了一层似的。出嫁后第一年你虽还一心一意依恋着他老人家，到第二年上我和孩子可就将你的心占住，你再没有多少工夫惦记他了。你还记得第一年我在北京，你在家里。家里来信说你待不住，常回娘家去。我动气了，马上写信责备你。你教人写了一封复信，说家里有事，不能不回去。这是你第一次也可以说第末次的抗议，我从此就没给你写信。暑假时带了一肚子主意回去，但见了面，看你一脸笑，也就拉倒了。打这时候起，你渐渐从你父亲的怀里跑到我这儿。你换了金镯子帮助我的学费，叫我以后还你；但直到你死，我没有还你。你在我家受了许多气，又因为我家的缘故受你家里的气，你都忍着。这全为的是我，我知道。那回我从家乡一个中学半途辞职出走。家里人讽你也走。哪里走！只得硬着头皮往你家去。那时你家像个冰窖子，你们在窖里足足住了三个月。好容易我才将你们领出来了，一同上外省去。小家庭这样组织起来了。你虽不是什么阔小姐，可也是自小娇生惯养的，做起主妇来，什么都得干一两手；你居然做下去了，而且高高兴兴地做下去了。菜照例满是你做，可是吃的都是我们；你至多夹上两三筷子就算了。你的菜做得不坏，有一位老在行大大地夸奖过你。你洗衣服也不错，夏天我的绸大褂大概总是你亲自动手。你在家老不乐意闲着；坐前几个"月子"，老是四五天就起床，说是躺着家里事没条没理的。其实你起来也还不是没条理；咱们家那么多孩子，哪儿来条理？在浙江住的时候，逃过两回兵难，我都在北平。真亏你领着母亲和一群孩子东藏西躲的；末一回还要走多少里路，翻一道大岭。这两回差不多只靠你一个人。你不但带了母亲和孩子们，还带了我一箱箱的书；你知道我是最爱书的。在短短的十二年里，你操的心比人家一辈子还多；谦，你那样身子怎么经得住！你将我的责任一股脑儿担负了去，压死了你；我如何对得起你！

你为我的劳什子书也费了不少神；第一回让你父亲的男用人从家乡捎到上海去。他说了几句闲话，你气得在你父亲面前哭了。第二回是带着逃难,别人都说你傻子。你有你的想头:"没有书怎么教书?况且他又爱这个玩意儿。"其实你没有晓得,那些书丢了也并不可惜;不过教你怎么晓得,我平常从来没和你谈过这些个!总而言之,你的心是可感谢的。这十二年里你为我吃的苦真不少,可是没有过几天好日子。我们在一起住,算来也还不到五个年头。无论日子怎么坏,无论是离是合,你从来没对我发过脾气,连一句怨言也没有——别说怨我,就是怨命也没有过。老实说,我的脾气可不大好,迁怒的事儿有的是。那些时候你往往抽噎着流眼泪,从不回嘴,也不号啕。不过我也只信得过你一个人,有些话我只和你一个人说,因为世界上只你一个人真关心我,真同情我。你不但为我吃苦,更为我分苦;我之有我现在的精神,大半是你给我培养着的。这些年来我很少生病。但我最不耐烦生病,生了病就呻吟不绝,闹那伺候病的人。你是领教过一回的,那回只一两点钟,可是也够麻烦了。你常生病,却总不开口,挣扎着起来;一来怕搅我,二来怕没人做你那份儿事。我有一个坏脾气,怕听人生病,也是真的。后来你天天发烧,自己还以为南方带来的疟疾,一直瞒着我。明明躺着,听见我的脚步,一骨碌就坐起来。我渐渐有些奇怪,让大夫一瞧,这可糟了,你的一个肺已烂了一个大窟窿了!大夫劝你到西山去静养,你丢不下孩子,又舍不得钱;劝你在家里躺着,你也丢不下那份儿家务。越看越不行了,这才送你回去。明知凶多吉少,想不到只一个月工夫你就完了!本来盼望还见得着你,这一来可拉倒了。你也何尝想到这个?父亲告诉我,你回家独住着一所小住宅,还嫌没有客厅,怕我回去不便哪。

　　前年夏天回家,上你坟上去了。你睡在祖父母的下首,想来还不孤单的。只是当年祖父母的坟太小了,你正睡在圹底下。这叫作"抗圹",

在生人看来是不安心的；等着想办法哪。那时圹上圹下密密地长着青草，朝露浸湿了我的布鞋。你刚埋了半年多，只有圹下多出一块土，别的全然看不出新坟的样子。我和隐今夏回去，本想到你的坟上来；因为她病了没来成。我们想告诉你，五个孩子都好，我们一定尽心教养他们，让他们对得起死了的母亲——你！谦，好好儿放心安睡吧，你。

新年的故事

　　昨天家里来了些人到厨房里煮出些肉包子，糖馒头，和三大块风糖糕来；他们倒是好人哩！娘和姊姊嫂嫂裹得好粽子；娘只许我吃一个，嫂嫂又给我一个，叫我别告诉娘；我又跟姊姊要，姊姊说我再吃不得了——好笑，伊吃得，我吃不得！——后来郭妈妈偷给我一个，拿在手里给我看了，说替我收着，饿了好吃。

　　肉包子，糖馒头，风糖糕，我都吃了些，又趁娘他们不见，每样拿了几个，将袍子兜了，想藏在床里去；不想间壁一只狗跑来，尽向我身上闻，我又怕又急，只得紧紧抱着袍角儿跑；狗也跟着，我便叫起来。娘在厨房里骂我"又作死了"，又叫姊姊。一会大姊姊来了，将狗打走；夺开我的兜儿一看，说，"你拿这些，还吃死了呢！"伊每样留下一个，别的都拿去了；伊收到自己床里去呢！晚间郭妈妈又和我要去一块风糖糕；我只吃了一个肉包子和糖馒头罢了。

　　今晚上家里桌子，椅子都披上红的，花的衫儿，好看呢！到处点着红的蜡烛；他们磕起头来，我跟着磕了一会；爸爸、娘给他俩磕头，我也磕了。他们问我墙上挂着画的两个人儿是谁？我说，"一个男人一个女人"。娘笑说,"这是祖爷爷和祖奶奶哩!"我想他们只有这样大的!——呀!桌子摆好了!我先爬上凳子跪得高高的,筷子紧紧捏在手里;他们也都坐拢来。李二拿了好些盘菜放在桌上,又端一碗东西放在盘子中间,热气腾腾地直冒;我赶紧拿着筷子先向了几向,才伸出去;菜还没有夹着,早见娘两只眼正看着我呢,伊鼻子眼里哼了一声,我只得讪讪地将筷子缩回来,放在嘴里咂着。姊姊望着我笑,用指头刮着脸羞我;我别转脸来,咕嘟着嘴不睬伊。后来娘他们都动筷子了,他们一筷一筷地夹了许多菜给我;我不管好歹,眼里只顾看着面前的一只碗,嘴里不住地嚼着。嚼到后来,忽然不要嚼了;眼里看着,心里爱着,只是菜不知怎么,都不好吃了。——我只得让它们剩在碗里,独自一个攀着桌子爬下来了。

　　娘房里,哥哥嫂嫂房里,姊姊房里都点着一对通红的大蜡烛;郭妈妈也将我们房里的点了,叫我去看。我要爬到桌上去看,郭妈妈不许,我便跳起来嚷着。伊大声叫道,"太太,你看,宝宝要玩蜡烛哩!"娘在伊房里说,"好儿子,别闹,你娘给好东西你吃!"伊果然拿着一盘茶果进来;又有一个红纸包儿,说是一块钱,给我"压岁"的,娘交给郭妈妈收着,说不许我瞎用。我只顾抓茶果吃,又在小箱子里拿出些我的泥宝宝来:这一个是小娘娘八月节买给我的,这一个是施伟仁送我的,这些是爸爸在上海买来的。我教他们都站在桌上,每人面前,放些茶果,叫他们吃——呀!他们怎么不吃!我看见娘放好几碗菜在画的人儿面前,给他们吃;我的宝宝们为什么不吃呢?呵!只怕我没有磕头罢,赶快磕头罢!

　　郭妈妈说话了;伊抱着我说,"明天过年了,多有趣呢!"粽子,包子,都听我吃。衣服,鞋子,帽子都穿新的——要"斯文"些。舅舅家的阿龙,阿虎，娘娘家的毛头，三宝都来和我玩耍。伊说有许多地方耍把戏的，只要我们不闹，便带我们去。我忙答应说，"好妈妈，宝宝是不闹的，你带了他去罢！"伊点点头，我便放心了。伊又说要买些花炮给我家来放，伊说去年我也放过；好有趣哩！伊一头说，一头拍着我，我两个眼皮儿渐渐地合拢了。

我果然同着阿龙，阿虎他们在附近一个大操场上；我抱在郭妈妈怀里，看着耍猴把戏的。那猴儿一上一下爬着杆儿，我只笑着用手不住地指着叫"咦！咦！"忽然旁边有一个人说，"他看你呢！"我仔细一看，猴儿果然在看我，便吓得要哭；那人忽然笑了一个可怕的笑，说，"看着我罢！"我又安了心。忽然一声锣响，我回头一看，我已在一个不识的人的怀里了！我哭着，叫着，挣着；耳边忽然郭妈妈说，"宝宝怎么了，妈妈在这里。不怕的！"我才晓得还在郭妈妈怀里；只不知怎么便回来了？

太阳在地板上了，郭妈妈起来。我也揉着眼睛；开眼一看，桌上我的宝宝们都睡着了——他们也要睡觉呢。青梅呢？我的小青梅呢？宝宝顶顶喜欢的青梅呢？怎么没了？我哭了。郭妈妈忙跑来问什么事，我哭着全告诉了伊。伊在桌上找了一阵；在地板上太阳里找着一片核子，说被"绿尾巴"吃了。我忙说，"唔！宝宝怕！"将头躲在伊怀里；伊说，"不怕，日里他不来的，你只要不哭好了！"我要起来，伊叫我等着，拿衣服给我穿；伊拿了一件花棉袄，棉裤，一件红而亮的袍子，一件有毛的背心，是黑的，还有双花鞋，一个有许多金宝宝的风帽；伊帮我穿了衣和鞋，手里拿着风帽，说洗了脸才许戴呢。我真喜欢那个帽，赶忙地央着郭妈妈拿水来给我洗了脸，拍了粉，又用筷子给点胭脂在我眉毛里，和鼻子上，又给我戴了风帽；说今天会有人要我做小女婿呢。我欢天喜地跑到厨房里，赶着人叫"恭喜"——这是郭妈妈教我的。一会郭妈妈端了一碗白圆子和一个粽子给我吃了；叫我跟着伊到菩萨前，点起香烛磕头，又给爸爸娘他们磕头。郭妈妈说有事去，叫我好好玩，不要弄污了衣服，毛头，三宝就要来了。

　　好多时，毛头，三宝和小娘娘都来了。我和他们忙着办菜给我的泥宝宝吃；正拿着些点心果子，切呀剥的，郭妈妈走来，说带我们上街去。我们立刻丢下那些跟着伊走。街上门都关着；我们常买落花生的小店也关了。一处处有"斯奉斯奉昌……镗镗镗镗鞳"的声音。我问郭妈妈，伊说是打锣鼓呢。又看见一家门口一个人一只手拿着一挂红红白白的东西，一搭一搭的，那只手拿着一根"煤头"要烧；郭妈妈忙说，"放爆竹了。"叫我们站住，用手闭了耳朵，伊说"不要怕，有我呢"。我见那爆竹一个个地跳了开去，仿佛有些响，右手这一松，只听见"噼！啪！"我一只耳朵几乎震聋了，赶紧地将它闭好，将身子紧紧挨着郭妈妈，一动也不敢动。爆竹只怕不放了，郭妈妈叫我们放下手，我只是指着不肯放；郭妈妈气着说，"你看这孩子！……"伊将我的手硬拖下来了。走了不远，有一个摊儿；我们近前一看，花花绿绿的，好东西多着呢！我央着郭妈妈买。伊给我买了一副黑眼镜，一个鬼脸，一个胡须，一把木刀，又给毛头买了一个胡须，给三宝买了一个胡须。我戴了眼镜，叫郭妈妈给我安了胡须；又趁三宝看着我，将伊手里的胡须夺了就跑，三宝哭了，毛头走来追我。我一个不留意，将右脚踏在水潭里，心里着急，想娘又要骂了。毛头已将胡须拿给三宝；他们和郭妈妈走来。伊说我一顿，我只有哭了；伊又抱起我说，"好宝宝，别哭，郭妈妈回来给你换一双，包不叫娘晓得；只下次再不许这样了。"我答应我们就回来了。

今晚是初五了。郭妈妈和我说，明天新衣服要脱下来，椅子桌子红的，花的衫儿也不许穿了，粽子，肉包子，糖馒头，风糖糕，只有明天一早好吃了；阿龙，阿虎他们都不来了；叫我安稳些，好等后天上学堂念书罢！他们真动手将桌子，椅子的衫儿脱下，墙上画的人儿也卷起了。我一毫不想玩耍，只睡在床上哭着。郭妈妈拿了一支快点完的红蜡烛，到床边问道，"你又怎么了？谁给气宝宝受；妈妈是不依的！"我说，"现在年不过了！"伊说，"痴孩子，为这个么！我是骗骗你的；明天我们正要到舅舅家过年去呢！起来罢，别哭了。"我听了伊的话，笑着坐起来，问道，"妈妈，是真的么？别哄你宝宝哩。"

冬天

说起冬天，忽然想到豆腐。是一"小洋锅"（铝锅）白煮豆腐，热腾腾的。水滚着，像好些鱼眼睛，一小块一小块豆腐养在里面，嫩而滑，仿佛反穿的白狐大衣。锅在"洋炉子"（煤油不打气炉）上，和炉子都熏得乌黑乌黑，越显出豆腐的白。这是晚上，屋子老了，虽点着"洋灯"，也还是阴暗。围着桌子坐的是父亲跟我们哥儿三个。"洋炉子"太高了，父亲得常常站起来，微微地仰着脸，觑着眼睛，从氤氲的热气里伸进筷子，夹起豆腐，一一地放在我们的酱油碟里。我们有时也自己动手，但炉子实在太高了，总还是坐享其成的多。这并不是吃饭，只是玩儿。父亲说晚上冷，吃了大家暖和些。我们都喜欢这种白水豆腐；一上桌就眼巴巴望着那锅，等着那热气，等着热气里从父亲筷子上掉下来的豆腐。

又是冬天，记得是阴历十一月十六晚上，跟 S 君 P 君在西湖里坐小划子。S 君刚到杭州教书，事先来信说，"我们要游西湖，不管它是冬天。"那晚月色真好，现在想起来还像照在身上。本来前一晚是"月当头"；也许十一月的月亮真有些特别吧。那时九点多了，湖上似乎只有我们一只划子。有点风，月光照着软软的水波；当间那一溜儿反光，像新砑的银子。湖上的山只剩了淡淡的影子。山下偶尔有一两星灯火。S君口占两句诗道，"数星灯火认渔村，淡墨轻描远黛痕。"我们都不大说话，只有均匀的桨声。我渐渐地快睡着了。P君"喂"了一下，才抬起眼皮，看见他在微笑。船夫问要不要上净寺去；是阿弥陀佛生日，那边蛮热闹的。到了寺里，殿上灯烛辉煌，满是佛婆念佛的声音，好像醒了一场梦。这已是十多年前的事了，S君还常常通着信，P君听说转变了好几次，前年是在一个特税局里收特税了，以后便没有消息。

在台州过了一个冬天，一家四口子。台州是个山城，可以说在一个大谷里。只有一条二里长的大街。别的路上白天简直不大见人；晚上一片漆黑。偶尔人家窗户里透出一点灯光，还有走路的拿着的火把；但那是少极了。我们住在山脚下。有的是山上松林里的风声，跟天上一只两只的鸟影。夏末到那里，春初便走，却好像老在过着冬天似的；可是即便真冬天也并不冷。我们住在楼上，书房临着大路；路上有人说话，可以清清楚楚地听见。但因为走路的人太少了，间或有点说话的声音，听起来还只当远风送来的，想不到就在窗外。我们是外路人，除上学校去之外，常只在家里坐着。妻也惯了那寂寞，只和我们爷儿们守着。外边虽老是冬天，家里却老是春天。有一回我上街去，回来的时候，楼下厨房的大方窗开着，并排地挨着她们母子三个；三张脸都带着天真微笑地向着我。似乎台州空空的，只有我们四人；天地空空的，也只有我们四人。那时是民国十年，妻刚从家里出来，满自在。现在她死了快四年了，我却还老记着她那微笑的影子。

无论怎么冷，大风大雪，想到这些，我心上总是温暖的。

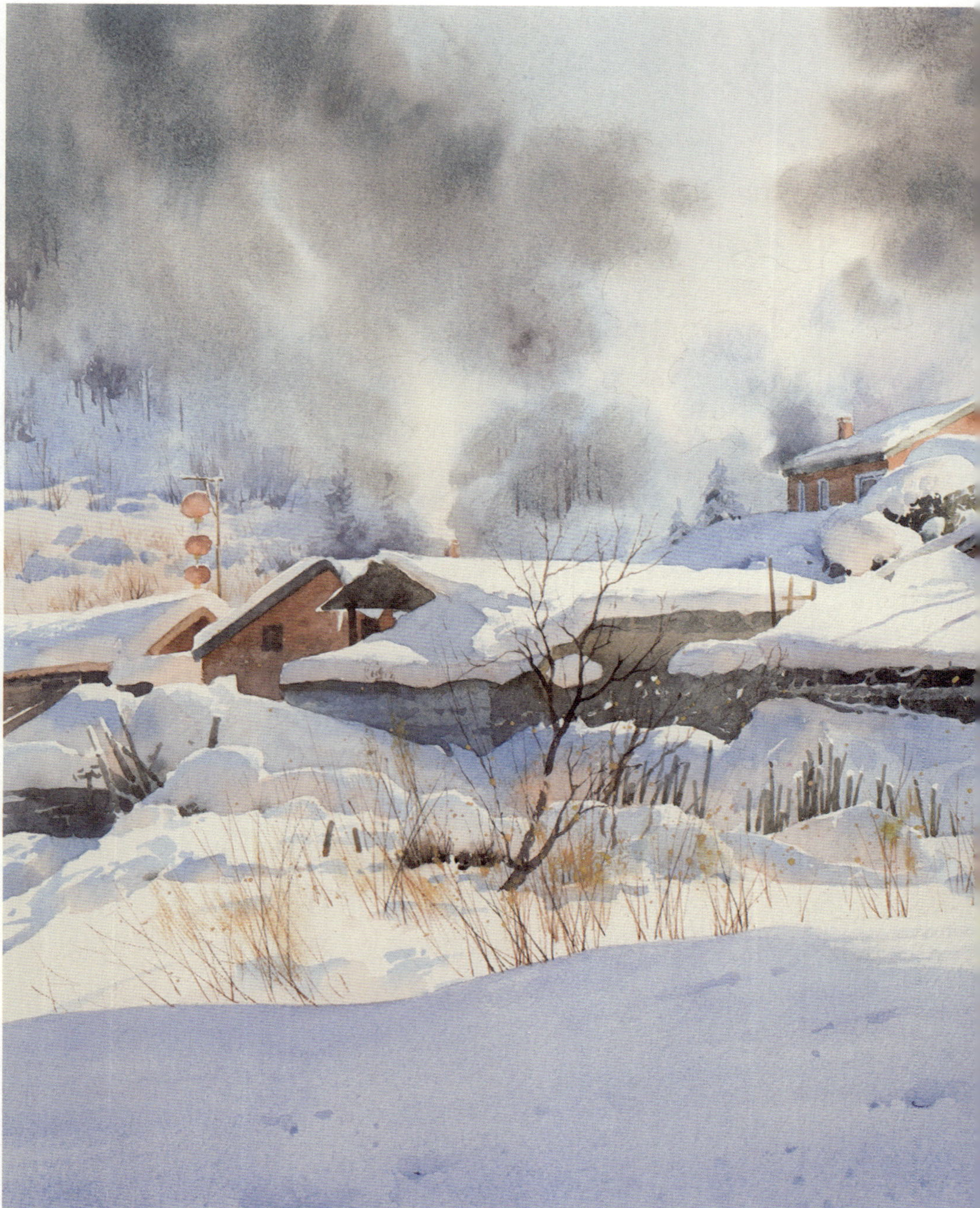

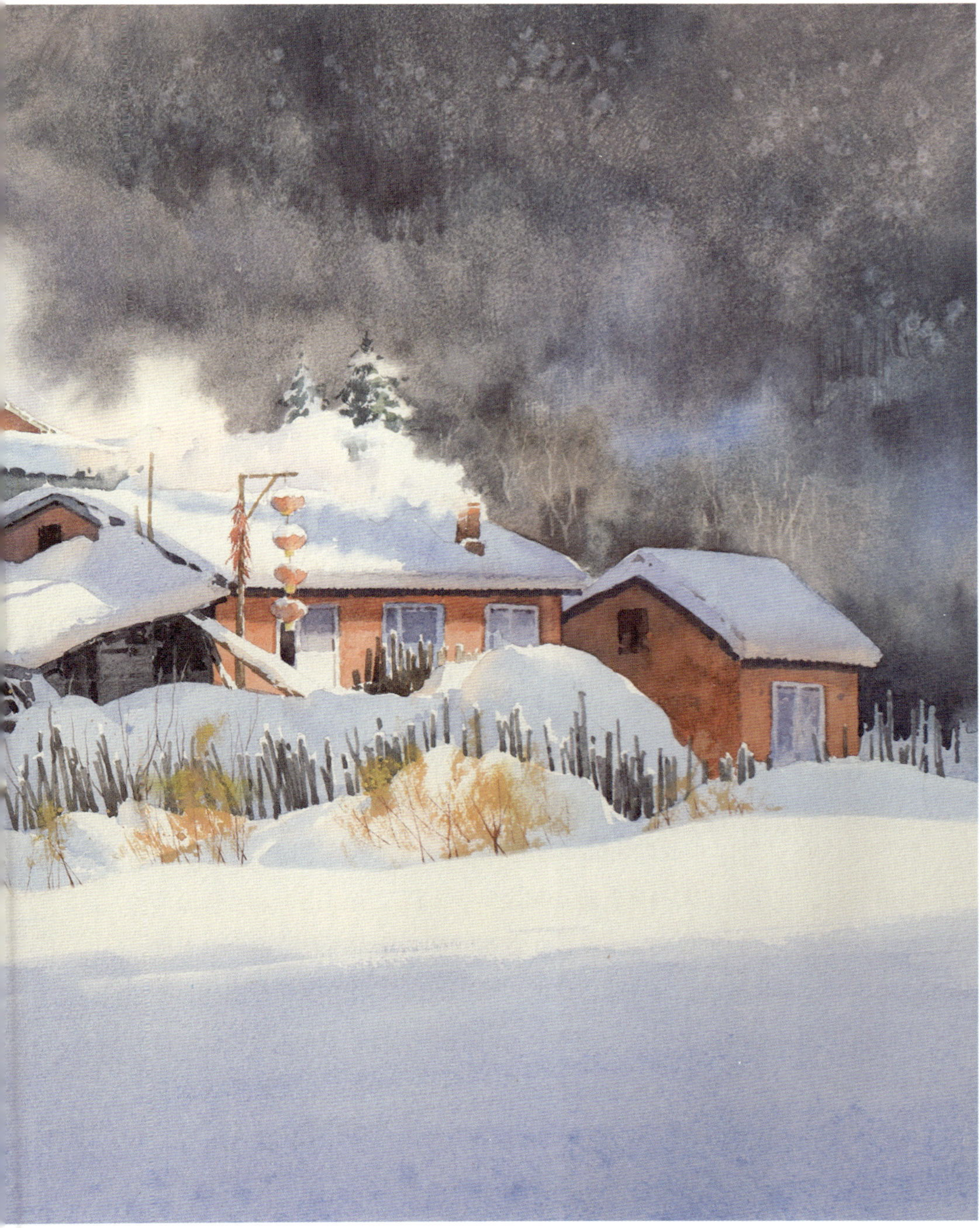

看花

生长在大江北岸一个城市里,那儿的园林本是著名的,但近来却很少;似乎自幼就不曾听见过"我们今天看花去"一类话,可见花事是不盛的。有些爱花的人,大都只是将花栽在盆里,一盆盆搁在架上;架子横放在院子里。院子照例是小小的,只够放下一个架子;架上至多搁二十多盆花罢了。有时院子里依墙筑起一座"花台",台上种一株开花的树;也有在院子里地上种的。但这只是普通的点缀,不算是爱花。

家里人似乎都不甚爱花;父亲只在领我们上街时,偶然和我们到"花房"里去过一两回。但我们住过一所房子,有一座小花园,是房东家的。那里有树,有花架(大约是紫藤花架之类),但我当时还小,不知道那些花木的名字;只记得爬在墙上的是蔷薇而已。园中还有一座太湖石堆成的洞门;现在想来,似乎也还好的。在那时由一个顽皮的少年仆人领了我去,却只知道跑来跑去捉蝴蝶;有时掐下几朵花,也只是随意挼弄着,随意丢弃了。至于领略花的趣味,那是以后的事:夏天的早晨,我们那地方有乡下的姑娘在各处街巷,沿门叫着,"卖栀子花来。"栀子花不是什么高品,但我喜欢那白而晕黄的颜色和那肥肥的个儿,正和那些卖花的姑娘有着相似的韵味。栀子花的香，浓而不烈，清而不淡，也是我乐意的。我这样便爱起花来了。也许有人会问，"你爱的不是花吧？"这个我自己其实也已不大弄得清楚，只好存而不论了。

在高小的一个春天，有人提议到城外F寺里吃桃子去，而且预备白吃；不让吃就闹一场，甚至打一架也不在乎。那时虽远在五四运动以前，但我们那里的中学生却常有打进戏园看白戏的事。中学生能白看戏，小学生为什么不能白吃桃子呢？我们都这样想，便由那提议人纠合了十几个同学，浩浩荡荡地向城外而去。到了F寺，气势不凡地呵叱着道人们（我们称寺里的工人为道人），立刻领我们向桃园里去。道人们踌躇着说，"现在桃树刚才开花呢。"但是谁信道人们的话？我们终于到了桃园里。大家都丧了气，原来花是真开着呢！这时提议人P君便去折花。道人们是一直步步跟着的，立刻上前劝阻，而且用起手来。但P君是我们中最不好惹的；"说时迟，那时快"，一眨眼，花在他的手里，道人已跟跄在一旁了。那一园子的桃花，想来总该有些可看；我们却谁也没有想着去看。只嚷着，"没有桃子，得沏茶喝！"道人们满肚子委屈地引我们到"方丈"里，大家各喝一大杯茶。这才平了气，谈谈笑笑地进城去。大概我那时还只懂得爱一朵朵的栀子花，对于开在树上的桃花，是并不了然的；所以眼前的机会，便从眼前错过了。

以后渐渐念了些看花的诗，觉得看花颇有些意思。但到北平读了几年书，却只到过崇效寺一次；而去得又嫌早些，那有名的一株绿牡丹还未开呢。北平看花的事很盛，看花的地方也很多；但那时热闹的似乎也只有一班诗人名士，其余还是不相干的。那正是新文学运动的起头，我们这些少年，对于旧诗和那一班诗人名士，实在有些不敬；而看花的地方又都远不可言，我是一个懒人，便干脆地断了那条心了。后来到杭州做事，遇见了Y君，他是新诗人兼旧诗人，看花的兴致很好。我和他常到孤山去看梅花。孤山的梅花是古今有名的，但太少；又没有临水的，人也太多。有一回坐在放鹤亭上喝茶，来了一个方面有须，穿着花缎马褂的人，用湖南口音和人打招呼道，"梅花盛开嗒！""盛"字说得特别重，使我吃了一惊；但我吃惊的也只是说在他嘴里"盛"这个声音罢了，花的盛不盛，在我倒并没有什么的。

有一回，Y来说，灵峰寺有三百株梅花；寺在山里，去的人也少。我和Y，还有N君，从西湖边雇船到岳坟，从岳坟入山。曲曲折折走了好一会，又上了许多石级，才到山上寺里。寺甚小，梅花便在大殿西边园中。园也不大，东墙下有三间净室，最宜喝茶看花；北边有座小山，山上有亭，大约叫"望海亭"吧，望海是未必，但钱塘江与西湖是看得见的。梅树确是不少，密密地低低地整列着。那时已是黄昏，寺里只我们三个游人；梅花并没有开，但那珍珠似的繁星似的骨朵儿，已经够可爱了；我们都觉得比孤山上盛开时有味。大殿上正做晚课，送来梵呗的声音，和着梅林中的暗香，真叫我们舍不得回去。在园里徘徊了一会，又在屋里坐了一会，天是黑定了，又没有月色，我们向庙里要了一个旧灯笼，照着下山。路上几乎迷了道，又两次三番地狗咬；我们的Y诗人确有些窘了，但终于到了岳坟。船夫远远迎上来道，"你们来了，我想你们不会冤我呢！"在船上，我们还不离口地说着灵峰的梅花，直到湖边电灯光照到我们的眼。

Y回北平去了，我也到了白马湖。那边是乡下，只有沿湖与杨柳相间着种了一行小桃树，春天花发时，在风里娇媚地笑着。还有山里的杜鹃花也不少。这些日日在我们眼前，从没有人像煞有介事地提议，"我们看花去。"但有一位 S 君,却特别爱养花;他家里几乎是终年不离花的。我们上他家去,总看他在那里不是拿着剪刀修理枝叶,便是提着壶浇水。我们常乐意看着。他院子里一株紫薇花很好,我们在花旁喝酒,不知多少次。白马湖住了不过一年,我却传染了他那爱花的嗜好。但重到北平时,住在花事很盛的清华园里,接连过了三个春,却从未想到去看一回。只在第二年秋天,曾经和孙三先生在园里看过几次菊花。"清华园之菊"是著名的,孙三先生还特地写了一篇文,画了好些画。但那种一盆一干一花的养法,花是好了,总觉没有天然的风趣。直到去年春天,有了些余闲,在花开前,先向人问了些花的名字。一个好朋友是从知道姓名起的,我想看花也正是如此。恰好 Y 君也常来园中,我们一天三四趟地到那些花下去徘徊。今年 Y 君忙些,我便一个人去。我爱繁花老干的杏,临风婀娜的小红桃,贴梗累累如珠的紫荆;但最恋恋的是西府海棠。海棠的花繁得好,也淡得好;艳极了,却没有一丝荡意。疏疏的高干子,英气隐隐逼人。可惜没有趁着月色看过;王鹏运有两句词道,"只愁淡月朦胧影,难验微波上下潮。"我想月下的海棠花,大约便是这种光景吧。为了海棠,前两天在城里特地冒了大风到中山公园去,看花的人倒也不少;但不知怎的,却忘了畿辅先哲祠。Y 告我那里的一株,遮住了大半个院子;别处的都向上长,这一株却是横里伸张的。花的繁没有法说;海棠本无香,昔人常以为恨,这里花太繁了,却酝酿出一种淡淡的香气,使人久闻不倦。Y 告我,正是刮了一日还不息的狂风的晚上;他是前一天去的。他说他去时地上已有落花了,这一日一夜的风,准完了。他说北平看花,是要赶着看的:春光太短了,又晴的日子多;今年算是有阴的日子了,但狂风还是逃不了的。我说北平看花,比别处有意思,也正在此。这时候,我似乎不甚菲薄那一班诗人名士了。

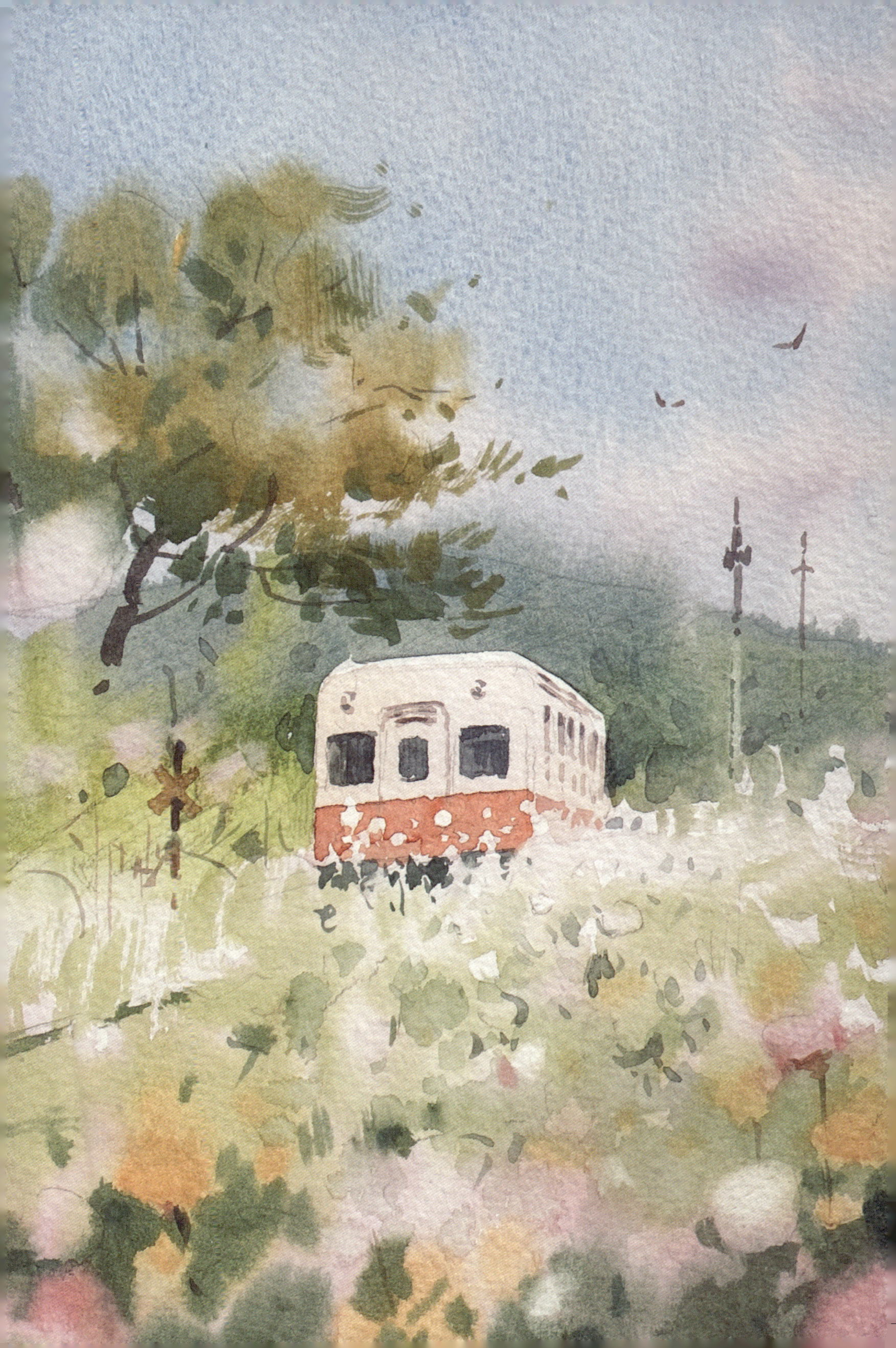

阿河

我这一回寒假,因为养病,住到一家亲戚的别墅里去。那别墅是在乡下。前面偏左的地方,是一片淡蓝的湖水,对岸环拥着不尽的青山。山的影子倒映在水里,越显得清清朗朗的。水面常如镜子一般。风起时,微有皱痕;像少女们皱她们的眉头,过一会子就好了。湖的余势束成一条小港,缓缓地不声不响地流过别墅的门前。门前有一条小石桥,桥那边尽是田亩。这边沿岸一带,相间地栽着桃树和柳树,春来当有一番热闹的梦。别墅外面缭绕着短短的竹篱,篱外是小小的路。里边一座向南的楼,背后便倚着山。西边是三间平屋,我便住在这里。院子里有两块草地,上面随便放着两三块石头。另外的隙地上,或罗列着盆栽,或种莳着花草。篱边还有几株枝干蟠曲的大树,有一株几乎要伸到水里去了。

我的亲戚韦君只有夫妇二人和一个女儿。她在外边念书,这时也刚回到家里。她邀来三位同学,同到她家过这个寒假:两位是亲戚,一位是朋友。她们住着楼上的两间屋子。韦君夫妇也住在楼上。楼下正中是客厅,常是闲着,西间是吃饭的地方;东间便是韦君的书房,我们谈天,喝茶,看报,都在这里。我吃了饭,便是一个人,也要到这里来闲坐一回。

我来的第二天，韦小姐告诉我，她母亲要给她们找一个好好的女用人；长工阿齐说有一个表妹，母亲叫他明天就带来做做看呢。她似乎很高兴的样子，我只是不经意地答应。

平屋与楼屋之间，是一个小小的厨房。我住的是东面的屋子，从窗子里可以看见厨房里人的来往。这一天午饭前，我偶然向外看看，见一个面生的女用人，两手提着两把白铁壶，正往厨房里走；韦家的李妈在她前面领着，不知在和她说什么话。她的头发乱蓬蓬的，像冬天的枯草一样。身上穿着镶边的黑布棉袄和夹裤，黑里已泛出黄色；棉袄长与膝齐，夹裤也直拖到脚背上。脚倒是双天足，穿着尖头的黑布鞋，后跟还带着两片同色的"叶拔儿"。想这就是阿齐带来的女用人了；想完了就坐下看书。晚饭后，韦小姐告诉我，女用人来了，她的名字叫"阿河"。我说，"名字很好，只是人土些；还能做么？"她说，"别看她土，很聪明呢。"我说，"哦。"便接着看手中的报了。

以后每天早上，中上，晚上，我常常看见阿河挈着水壶来往；她的眼似乎总是望前看的。两个礼拜匆匆地过去了。韦小姐忽然和我说，你别看阿河土，她的志气很好，她是个可怜的人。我和娘说，把我前年在家穿的那身棉袄裤给了她吧。我嫌那两件衣服太花，给了她正好。娘先不肯，说她来了没有几天；后来也肯了。今天拿出来让她穿，正合适呢。我们教给她打绒绳鞋，她真聪明，一学就会了。她说拿到工钱，也要打一双穿呢。我等几天再和娘说去。

"她这样爱好！怪不得头发光得多了，原来都是你们教她的。好！你们尽教她讲究，她将来怕不愿回家去呢。"大家都笑了。

旧新年是过去了。因为江浙的兵事，我们的学校一时还不能开学。

我们大家都乐得在别墅里多住些日子。这时阿河如换了一个人。她穿着宝蓝色挑着小花儿的布棉袄裤；脚下是嫩蓝色毛绳鞋，鞋口还缀着两个半蓝半白的小绒球儿。我想这一定是她的小姐们给帮忙的。古语说得好，"人要衣裳马要鞍"，阿河这一打扮，真有些楚楚可怜了。她的头发早已是刷得光光的，覆额的刘海儿也梳得十分伏贴。一张小小的圆脸，如正开的桃李花；脸上并没有笑，却隐隐地含着春日的光辉，像花房里充了蜜一般。这在我几乎是一个奇迹；我现在是常站在窗前看她了。我觉得在深山里发见了一粒猫儿眼；这样精纯的猫儿眼，是我生平所仅见！我觉得我们相识已太长久，极愿和她说一句话——极平淡的话，一句也好。但我怎好平白地和她攀谈呢？这样郁郁了一礼拜。

这是元宵节的前一晚上。我吃了饭，在屋里坐了一会，觉得有些无聊，便信步走到那书房里。拿起报来，想再细看一回。忽然门钮一响，阿河进来了。她手里拿着三四支颜色铅笔，出乎意料地走近了我。她站在我面前了，静静地微笑着说："白先生，你知道铅笔刨在哪里？"一面将拿着的铅笔给我看。我不自主地立起来，匆忙地应道，"在这里。"我用手指着南边柱子。但我立刻觉得这是不够的。我领她走近了柱子。这时我像闪电似的踌躇了一下，便说，"我……我……"她一声不响地已将一支铅笔交给我。我放进刨子里刨给她看。刨了两下，便想交给她；但终于刨完了一支，交还了她。她接了笔略看一看，仍仰着脸向我。我窘极了。刹那间念头转了好几个圈子；到底硬着头皮搭讪着说，"就这样刨好了。"我赶紧向门外一瞥，就走回原处看报去。但我的头刚低下，我的眼已抬起来了。于是远远地从容地问道，"你会么？"她不曾掉过头来，只"嗳"了一声，也不说话。我看了她背影一会。觉得应该低下头了。等我再抬起头来时,她已默默地向外走了。她似乎总是望前看的;我想再问她一句话,但终于不曾出口。我撇下了报,站起来走了一会,便回到自己屋里。

我一直想着些什么,但什么也没有想出。

第二天早上看见她往厨房里走时,我发愿我的眼将老跟着她的影子!她的影子真好。她那几步路走得又敏捷,又匀称,又苗条,正如一只可爱的小猫。她两手各提着一只水壶,又令我想到在一条细细的索儿上抖擞精神走着的女子。这全由于她的腰;她的腰真太软了,用白水的话说,真是软到使我如吃苏州的牛皮糖一样。不止她的腰,我的日记里说得好,"她有一套和云霞比美,水月争灵的曲线,织成大大的一张迷惑的网!"而那两颊的曲线,尤其甜蜜可人。她两颊是白中透着微红,润泽如玉。她的皮肤,嫩得可以掐出水来;我的日记里说,"我很想去掐她一下呀!"她的眼像一双小燕子,老是在潋滟的春水上打着圈儿。她的笑最使我记住,像一朵花漂浮在我的脑海里。我不是说过,她的小圆脸像正开的桃花么?那么,她微笑的时候,便是盛开的时候了:花房里充满了蜜,真如要流出来的样子。她的发不甚厚,但黑而有光,柔软而滑,如纯丝一般。只可惜我不曾闻着一些儿香。唉!从前我在窗前看她好多次,所得的真太少了;若不是昨晚一见——虽只几分钟——我真太对不起这样一个人儿了。

午饭后,韦君照例地睡午觉去了,只有我,韦小姐和其他三位小姐在书房里。我有意无意地谈起阿河的事。我说,

"你们怎知道她的志气好呢?"

"那天我们教给她打绒绳鞋,"一位蔡小姐便答道,"看她很聪明,就问她为什么不念书?她被我们一问,就伤心起来了。"

"是的，"韦小姐笑着抢了说，"后来还哭了呢；还有一位傻子陪她淌眼泪呢。"

那边黄小姐可急了，走过来推了她一下。蔡小姐忙拦住道，"人家说正经话，你们尽闹着玩儿！让我说完了呀——""我代你说罢，"韦小姐仍抢着说，"——她说她只有一个爹，没有娘。嫁了一个男人，倒有三十多岁，土头土脑的，脸上满是疱！他是李妈的邻舍，我还看见过呢……""好了，底下我说吧。"蔡小姐接着道，"她男人又不要好，尽爱赌钱；她一气，就住到娘家来，有一年多不回去了。"

"她今年几岁？"我问。

"十七不知十八？前年出嫁的，几个月就回家了。"蔡小姐说。

"不，十八，我知道。"韦小姐改正道。

"哦。你们可曾劝她离婚？"

"怎么不劝？"韦小姐应道，"她说十八回去吃她表哥的喜酒，要和她的爹去说呢。"

"你们教她的好事，该当何罪！"我笑了。

她们也都笑了。

十九的早上，我正在屋里看书，听见外面有嚷嚷的声音；这是从来没有的。我立刻走出来看；只见门外有两个乡下人要走进来，却给阿齐拦住。他们只是央告，阿齐只是不肯。这时韦君已走出院中，向他们道，"你们回去吧。人在我这里，不要紧的。快回去，不要瞎吵！"

两个人面面相觑，说不出一句话；俄延了一会，只好走了。我问韦君什么事？他说，"阿河啰！还不是瞎吵一回子。"

我想他于男女的事向来是懒得说的，还是回头问他小姐的好；我们便谈到别的事情上去。

吃了饭，我赶紧问韦小姐，她说，"她是告诉娘的，你问娘去。"

我想这件事有些尴尬，便到西间里问韦太太；她正看着李妈收拾碗碟呢。她见我问，便笑着说，"你要问这些事做什么？她昨天回去，原是借了阿桂的衣裳穿了去的，打扮得娇滴滴的，也难怪，被她男人看见了，便约了些不相干的人，将她抢回去过了一夜。今天早上，她骗她男人，说要到此地来拿行李。她男人就会信她，派了两个人跟着。哪知她到了这里，便叫阿齐拦着那跟来的人；她自己便跪在我面前哭诉，说死也不愿回她男人家去。你说我有什么法子。只好让那跟来的人先回去再说。好在没有几天，她们要上学了，我将来交给她的爹吧。唉，现在的人，心眼儿真是越过越大了；一个乡下女人，也会闹出这样惊天动地的事了！"

"可不是，"李妈在旁插嘴道，"太太你不知道；我家三叔前儿来，我还听他说呢。我本不该说的，阿弥陀佛！太太，你想她不愿意回婆家，老愿意住在娘家，是什么道理？家里只有一个单身的老子；你想那该死的老畜生！他舍不得放她回去呀！"

"低些，真的么？"韦太太惊诧地问。

"他们说得千真万确的。我早就想告诉太太了，总有些疑心；今天看她的样子，真有几分对呢。太太，你想现在还成什么世界！"

"这该不至于吧。"我淡淡地插了一句。

"少爷，你哪里知道！"韦太太叹了一口气，"好在没有几天了，让她快些走吧；别将我们的运气带坏了。她的事，我们以后也别谈吧。"

开学的通告来了，我定在二十八走。二十六的晚上，阿河忽然不到厨房里挈水了。韦小姐跑来低低地告诉我，"娘叫阿齐将阿河送回去了；

我在楼上,都不知道呢。"我应了一声,一句话也没有说。正如每日有三顿饱饭吃的人,忽然绝了粮;却又不能告诉一个人!而且我觉得她的前面是黑洞洞的,此去不定有什么好歹!那一夜我是没有好好地睡,只翻来覆去地做梦,醒来却又一例茫然。这样昏昏沉沉地到了二十八早上,懒懒地向韦君夫妇和韦小姐告别而行,韦君夫妇坚约春假再来住,我只得含糊答应着。出门时,我很想回望厨房几眼;但许多人都站在门口送我,我怎好回头呢?

到校一打听,老友陆已来了。我不及料理行李,便找着他,将阿河的事一五一十告诉他。他本是个好事的人;听我说时,时而皱眉,时而叹气,时而擦掌。听到她只十八岁时,他突然将舌头一伸,跳起来道,"可惜我早有了我那太太!要不然,我准得想法子娶她!"

"你娶她就好了;现在不知鹿死谁手呢。"

我俩默默相对了一会,陆忽然拍着桌子道,"有了,老汪不是去年失了恋么?他现在还没有主儿,何不给他俩撮合一下。"

我正要答说,他已出去了。过了一会子,他和汪来了,进门就嚷着说,"我和他说,他不信;要问你呢!"

"事是有的,人呢,也真不错。只是人家的事,我们凭什么去管!"我说。

"想法子呀!"陆嚷着。

"什么法子?你说!"

"好,你们尽和我开玩笑,我才不理会你们呢!"汪笑了。

我们几乎每天都要谈到阿河,但谁也不曾认真去"想法子"。

一转眼已到了春假。我再到韦君别墅的时候,水是绿绿的,桃腮柳眼,着意引人。我却只惦着阿河,不知她怎么样了。那时韦小姐已回来两天。我背地里问她,她说,"奇得很!阿齐告诉我,说她二月间来求娘来了。她说她男人已死了心,不想她回去;只不肯白白地放掉她。他教她的爹拿出八十块钱来,人就是她的爹的了;他自己也好另娶一房人。可是阿河说她的爹哪有这些钱?她求娘可怜可怜她!娘的脾气你知道。她是个古板的人;她数说了阿河一顿,一个钱也不给!我现在和阿齐说,让他上镇去时,带个信儿给她,我可以给她五块钱。我想你也可以帮她些,我教阿齐一块儿告诉她吧。只可惜她未必肯再上我们这儿来啰!"

"我拿十块钱吧,你告诉阿齐就是。"

我看阿齐空闲了,便又去问阿河的事。他说,"她的爹正给她东找西找地找主儿呢。只怕难吧,八十块大洋呢!"

我忽然觉得不自在起来,不愿再问下去。

过了两天,阿齐从镇上回来,说,"今天见着阿河了。娘的,齐整起来了。穿起了裙子,做老板娘娘了!据说是自己拣中的;这种年头!"

我立刻觉得,这一来全完了!只怔怔地看着阿齐,似乎想在他脸上找出阿河的影子。咳,我说什么好呢?愿命运之神长远庇护着她吧!

第二天我便托故离开了那别墅;我不愿再见那湖光山色,更不愿再见那间小小的厨房!

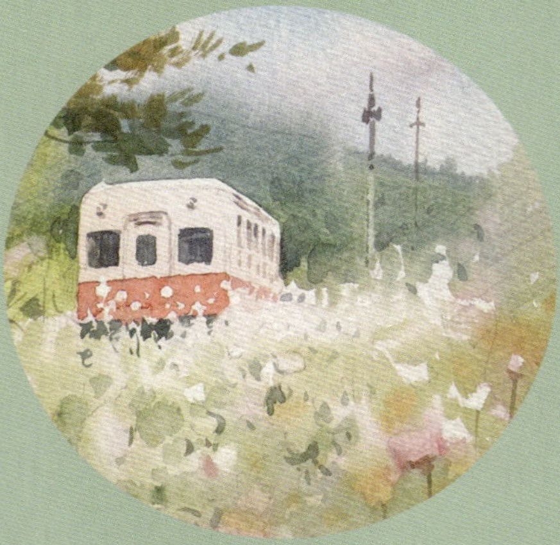

我们今天看花去

细雨
东风里,
掠过我脸边,
星呀星的细雨,
是春天的绒毛呢。

春

盼望着，盼望着，东风来了，春天的脚步近了。

一切都像刚睡醒的样子，欣欣然张开了眼。山朗润起来了，水涨起来了，太阳的脸红起来了。

小草偷偷地从土里钻出来，嫩嫩的，绿绿的。园子里，田野里，瞧去，一大片一大片满是的。坐着，躺着，打两个滚，踢几脚球，赛几趟跑，捉几回迷藏。风轻悄悄的，草软绵绵的。

桃树、杏树、梨树，你不让我，我不让你，都开满了花赶趟儿。红的像火，粉的像霞，白的像雪。花里带着甜味儿，闭了眼，树上仿佛已经满是桃儿、杏儿、梨儿。花下成千成百的蜜蜂嗡嗡地闹着，大小的蝴蝶飞来飞去。野花遍地是：杂样儿，有名字的，没名字的，散在草丛里，像眼睛，像星星，还眨呀眨的。

"吹面不寒杨柳风"，不错的，像母亲的手抚摸着你。风里带来些新翻的泥土的气息，混着青草味儿，还有各种花的香，都在微微润湿的空气里酝酿。鸟儿将窠巢安在繁花嫩叶当中，高兴起来了，呼朋引伴地卖弄清脆的喉咙，唱出宛转的曲子，与轻风流水应和着。牛背上牧童的短笛，这时候也成天在嘹亮地响。

　　雨是最寻常的，一下就是三两天。可别恼。看，像牛毛，像花针，像细丝，密密地斜织着，人家屋顶上全笼着一层薄烟。树叶子却绿得发亮，小草也青得逼你的眼。傍晚时候，上灯了，一点点黄晕的光，烘托出一片安静而和平的夜。乡下去，小路上，石桥边，有撑起伞慢慢走着的人；还有地里工作的农民，披着蓑，戴着笠的。他们的房屋，稀稀疏疏的，在雨里静默着。

　　天上风筝渐渐多了，地上孩子也多了。城里乡下，家家户户，老老小小，他们也赶趟儿似的，一个个都出来了。舒活舒活筋骨，抖擞抖擞精神，各做各的一份事去。"一年之计在于春"，刚起头儿，有的是工夫，有的是希望。

　　春天像刚落地的娃娃，从头到脚都是新的，他生长着。

　　春天像小姑娘，花枝招展的，笑着，走着。

　　春天像健壮的青年，有铁一般的胳膊和腰脚，他领着我们上前去。

秋

我爱秋天,更爱秋天的早晨。秋天的早晨格外清爽、宁静、光明,默默地给人以生机勃勃的活力。我想,这并不是无意的遐思,而是家乡的山川景物给以抒笔的情怀。

早晨起来,一股带有成熟果实味的新鲜空气沁人心扉,觉得是那样的爽适和舒畅。整个村子是寂静的,时而听到几声雄鸡的晨鸣。此时向村中眺望,每家屋顶上炊烟袅袅,灰白色的烟气和晨雾融合在一起,飘飘荡荡,盘旋升腾,呈现出一派诙谐的景色。

村里的人们是非常珍惜早晨这宝贵的时光的,一大早就起来了。村子里,田野里响起了赶车的吆喝声和清脆的鞭声,这声音由远及近,由近及远,大车小辆,肩挑身背,开始了繁忙的早收。这时,我油然想起了"春种一粒籽,秋收万颗粮"这句农谚。他们一年四季是多么忙碌呀。

打从春天把粒粒良种播撒到地里,经过一季子的锄犁耕作,就等待着金秋季节的收获,俗话说"民以食为天"。他们播种下的是血汗,而收获的更是用血汗辛勤耕耘出来的果实。

荷塘月色

这几天心里颇不宁静。今晚在院子里坐着乘凉,忽然想起日日走过的荷塘,在这满月的光里,总该另有一番样子吧。月亮渐渐地升高了,墙外马路上孩子们的欢笑,已经听不见了;妻在屋里拍着闰儿,迷迷糊糊地哼着眠歌。我悄悄地披了大衫,带上门出去。

沿着荷塘,是一条曲折的小煤屑路。这是一条幽僻的路;白天也少人走,夜晚更加寂寞。荷塘四面,长着许多树,蓊蓊郁郁的。路的一旁,是些杨柳,和一些不知道名字的树。没有月光的晚上,这路上阴森森的,有些怕人。今晚却很好,虽然月光也还是淡淡的。

路上只我一个人,背着手踱着。这一片天地好像是我的;我也像超出了平常的自己,到了另一个世界里。我爱热闹,也爱冷静;爱群居,也爱独处。像今晚上,一个人在这苍茫的月下,什么都可以想,什么都可以不想,便觉是个自由的人。白天里一定要做的事,一定要说的话,现在都可不理。这是独处的妙处,我且受用这无边的荷香月色好了。

曲曲折折的荷塘上面,弥望的是田田的叶子。叶子出水很高,像亭亭的舞女的裙。层层的叶子中间,零星地点缀着些白花,有袅娜地开着的,有羞涩地打着朵儿的；正如一粒粒的明珠，又如碧天里的星星，又如刚出浴的美人。微风过处，送来缕缕清香，仿佛远处高楼上渺茫的歌声似的。这时候叶子与花也有一丝的颤动，像闪电般，霎时传过荷塘的那边去了。叶子本是肩并肩密密地挨着，这便宛然有了一道凝碧的波痕。叶子底下是脉脉的流水，遮住了，不能见一些颜色；而叶子却更见风致了。

月光如流水一般，静静地泻在这一片叶子和花上。薄薄的青雾浮起在荷塘里。叶子和花仿佛在牛乳中洗过一样；又像笼着轻纱的梦。虽然是满月，天上却有一层淡淡的云，所以不能朗照；但我以为这恰是到了好处——酣眠固不可少，小睡也别有风味的。月光是隔了树照过来的，高处丛生的灌木，落下参差的斑驳的黑影，峭楞楞如鬼一般；弯弯的杨柳的稀疏的倩影，却又像是画在荷叶上。塘中的月色并不均匀；但光与影有着和谐的旋律，如梵婀玲上奏着的名曲。

荷塘的四面，远远近近，高高低低都是树，而杨柳最多。这些树将一片荷塘重重围住；只在小路一旁，漏着几段空隙，像是特为月光留下的。树色一例是阴阴的，乍看像一团烟雾；但杨柳的丰姿，便在烟雾里也辨得出。树梢上隐隐约约的是一带远山，只有些大意罢了。树缝里也漏着一两点路灯光，没精打采的，是渴睡人的眼。这时候最热闹的，要数树上的蝉声与水里的蛙声；但热闹是它们的，我什么也没有。

忽然想起采莲的事情来了。采莲是江南的旧俗，似乎很早就有，而六朝时为盛；从诗歌里可以约略知道。采莲的是少年的女子，她们是荡着小船，唱着艳歌去的。采莲人不用说很多，还有看采莲的人。那是一个热闹的季节，也是一个风流的季节。梁元帝《采莲赋》里说得好：

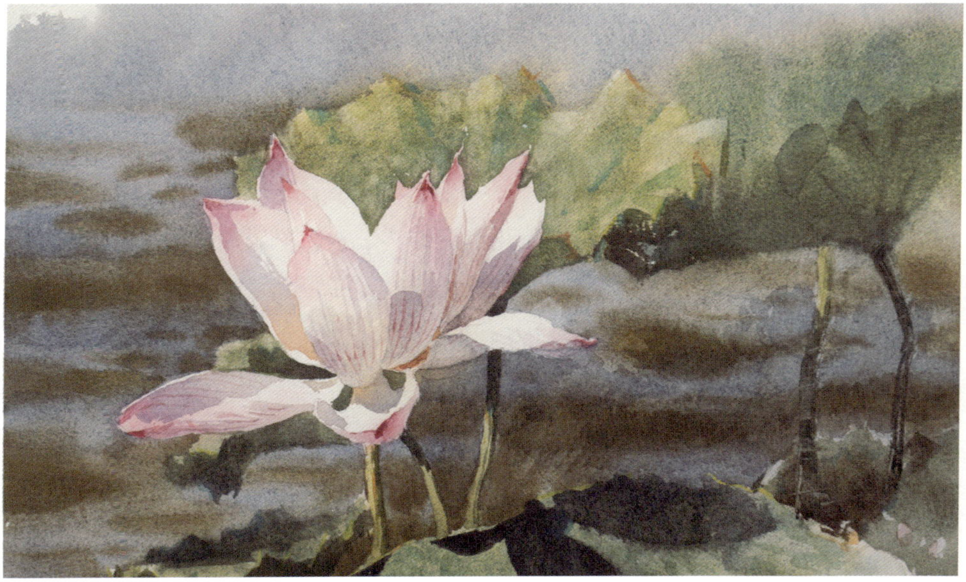

于是妖童媛女，荡舟心许；鷁首徐回，兼传羽杯；櫂将移而藻挂，船欲动而萍开。尔其纤腰束素，迁延顾步；夏始春余，叶嫩花初，恐沾裳而浅笑，畏倾船而敛裾。

可见当时嬉游的光景了。这真是有趣的事，可惜我们现在早已无福消受了。于是又记起《西洲曲》里的句子：

采莲南塘秋，莲花过人头；低头弄莲子，莲子清如水。

今晚若有采莲人，这儿的莲花也算得"过人头"了；只不见一些流水的影子，是不行的。这令我到底惦着江南了。——这样想着，猛一抬头，不觉已是自己的门前；轻轻地推门进去，什么声息也没有，妻已睡熟好久了。

桨声灯影里的秦淮河

　　一九二三年八月的一晚，我和平伯同游秦淮河；平伯是初泛，我是重来了。我们雇了一只"七板子"，在夕阳已去、皎月方来的时候，便下了船。于是桨声汩——汩，我们开始领略那晃荡着蔷薇色的历史的秦淮河的滋味了。

　　秦淮河里的船，比北京万牲园、颐和园的船好，比西湖的船好，比扬州瘦西湖的船也好。这几处的船不是觉着笨，就是觉着简陋、局促；都不能引起乘客们的情韵，如秦淮河的船一样。秦淮河的船约略可分为两种：一是大船；一是小船，就是所谓"七板子"。大船舱口阔大，可容二三十人。里面陈设着字画和光洁的红木家具，桌上一律嵌着冰凉的大理石面。窗格雕镂颇细，使人起柔腻之感。窗格里映着红色蓝色的玻璃；玻璃上有精致的花纹，也颇悦人目。"七板子"规模虽不及大船，但那淡蓝色的栏杆，空敞的舱，也足系人情思。而最出色处却在它的舱前。舱前是甲板上的一部，上面有弧形的顶，两边用疏疏的栏杆支着。里面通常放着两张藤的躺椅。躺下，可以谈天，可以望远，可以顾盼两岸的河房。大船上也有这个，但在小船上更觉清隽罢了。舱前的顶下，一律悬着灯彩；灯的多少，明暗，彩苏的精粗，艳晦，是不一的，但好歹总还你一个灯彩。这灯彩实在是最能勾人的东西。夜幕垂垂地下来时，大小船上都点起灯火。从两重玻璃里映出那辐射着的黄黄的散光，反晕出一片朦胧的烟霭；透过这烟霭，在黯黯的水波里，又逗起缕缕的明漪。在这薄霭和微漪里，听着那悠然的间歇的桨声，谁能不被引入它的美梦去呢？只愁梦太多了，这些大小船儿如何载得起呀？我们这时模模糊糊地谈着明末的秦淮河的艳迹，如《桃花扇》及《板桥杂记》里所载的。我们真神往了。我们仿佛亲见那时华灯映水，画舫凌波的光景了。于是我们的船便成了历史的重载了。我们终于恍然秦淮河的船所以雅丽过于他处，而又有奇异的吸引力的，实在是许多历史的影像使然了。

　　秦淮河的水是碧阴阴的；看起来厚而不腻，或者是六朝金粉所凝么？我们初上船的时候，天色还未断黑，那漾漾的柔波是这样的恬静、委婉，使我们一面有水阔天空之想，一面又憧憬着纸醉金迷之境了。等到灯火明时，阴阴的变为沉沉了：黯淡的水光，像梦一般；那偶然闪烁着的光芒，就是梦的眼睛了。我们坐在舱前，因了那隆起的顶棚，仿佛总是昂着首向前走着似的；于是飘飘然如御风而行的我们，看着那些自在的湾泊着的船，船里走马灯般的人物，便像是下界一般，迢迢地远了，又像在雾里看花，尽朦朦胧胧的。这时我们已过了利涉桥，望见东关头了。沿路听见断续的歌声：有从沿河的妓楼飘来的，有从河上船里度来的。我们明知那些歌声，只是些因袭的言词，从生涩的歌喉里机械地发出来的；但它们经了夏夜的微风的吹漾和水波的摇拂，袅娜着到我们耳边的时候，已经不单是她们的歌声，而混着微风和河水的密语了。于是我们不得不被牵惹着，震撼着，相与浮沉于这歌声里了。从东关头转弯，不久就到大中桥。大中桥共有三个桥拱，都很阔大，俨然是三座门儿；使我们觉得我们的船和船里的我们，在桥下过去时，真是太无颜色了。桥砖是深褐色，表明它的历史的长久；但都完好无缺，令人太息于古昔工程的坚美。桥上两旁都是木壁的房子，中间应该有街路？这些房子都破旧了，多年烟熏的迹，遮没了当年的美丽。我想象秦淮河的极盛时，在这样宏阔的桥上，特地盖了房子，必然是髹漆得富富丽丽的；晚间必然是灯火通明的，现在却只剩下一片黑沉沉！但是桥上造着房子，毕竟使我们多少可以想见往日的繁华；这也慰情聊胜无了。过了大中桥，便到了灯月交辉，笙歌彻夜的秦淮河，这才是秦淮河的真面目哩。

  大中桥外，顿然空阔，和桥内两岸排着密密的人家的景象大异了。一眼望去，疏疏的林，淡淡的月，衬着蓝蔚的天，颇像荒江野渡光景；那边呢，郁丛丛的，阴森森的，又似乎藏着无边的黑暗：令人几乎不信那是繁华的秦淮河了。但是河中眩晕着的灯光，纵横着的画舫，悠扬着的笛韵，夹着那吱吱的胡琴声，终于使我们认识绿如茵陈如酒的秦淮水了。此地天裸露着的多些，故觉夜来的独迟些；从清清的水影里，我们感到的只是薄薄的夜——这正是秦淮河的夜。大中桥外，本来还有一座复成桥，是船夫口中的我们的游踪尽处，或也是秦淮河繁华的尽处了。我的脚曾踏过复成桥的脊，在十三四岁的时候。但是两次游秦淮河，却都不曾见着复成桥的面；明知总在前途的，却常觉得有些虚无缥缈似的。我想，不见到也好。这时正是盛夏。我们下船后，借着新生的晚凉和河上的微风，暑气已渐渐消散；到了此地，豁然开朗，身子顿然轻了——习习的清风荏苒在面上，手上，衣上，这便又感到了一缕新凉了。南京的日光，大概没有杭州猛烈；西湖的夏夜老是热蓬蓬的，水像沸着一般，秦淮河的水却尽是这样冷冷地绿着。任你人影的憧憧,歌声的扰扰,总像隔着一层薄薄的绿纱面幂似的;它尽是这样静静地,冷冷地绿着。我们出了大中桥,走不上半里路,船夫便将船划到一旁,停了桨由它宕着。他以为那里正是繁华的极点,再过去就是荒凉了,所以让我们多多赏鉴一会儿。他自己却静静地蹲着。他是看惯这光景的了,大约只是一个无可无不可。这无可无不可,无论是升的沉的,总之,都比我们高了。

那时河里热闹极了;船大半泊着,小半在水上穿梭似的来往。停泊着的都在近市的那一边,我们的船自然也夹在其中。因为这边略略地挤,便觉得那边十分地疏了。在每一只船从那边过去时,我们能画出它的轻轻的影和曲曲的波,在我们的心上;这显着是空,且显着是静了。那时处处都是歌声和凄厉的胡琴声,圆润的喉咙,确乎是很少的。但那生涩的,尖脆的调子能使人有少年的,粗率不拘的感觉。也正可快我们的意。况且多少隔开些儿听着。因为想象与渴慕的做美,总觉更有滋味;而竞发的喧嚣,抑扬的不齐,远近的杂沓,和乐器的嘈嘈切切,合成另一意味的谐音,也使我们无所适从,如随着大风而走。这实在因为我们的心枯涩久了,变为脆弱;故偶然润泽一下,便疯狂似的不能自主了。但秦淮河确也腻人。即如船里的人面,无论是和我们一堆儿泊着的,无论是从我们眼前过去的,总是模模糊糊的,甚至渺渺茫茫的;任你张圆了眼睛,揩净了眵垢,也是枉然。这真够人想呢。在我们停泊的地方,灯光原是纷然的;不过这些灯光都是黄而有晕的。黄已经不能明了,再加上了晕,便更不成了。灯愈多,晕就愈甚;在繁星般的黄的交错里,秦淮河仿佛笼上了一团光雾。光芒与雾气腾腾地晕着,什么都只剩了轮廓了;所以人面的详细的曲线,便消失于我们的眼底了。但灯光究竟夺不了那边的月色;灯光是浑的,月色是清的。在浑沌的灯光里,渗入了一派清辉,却真是奇迹!那晚月儿已瘦削了两三分。她晚妆才罢,盈盈地上了柳梢头。天是蓝得可爱,仿佛一汪水似的;月儿便更出落得精神了。岸上原有三株两株的垂杨树,淡淡的影子,在水里摇曳着。它们那柔细的枝条浴着月光,就像一只只美人的臂膊,交互地缠着、挽着;又像是月儿披着的发。而月儿偶尔也从它们的交叉处偷偷窥看我们,大有小姑娘怕羞的样子。岸上另有几株不知名的老树,光光地立着;在月光里照起来,却又俨然是精神矍铄的老人。远处——快到天际线了,才有一两片白云,亮得现出异彩,像美丽的贝壳一般。白云下便是黑黑的一带轮廓;是一条随意画的不规则的曲线。这一段光景,和河中的风味大异了。但灯与月竟能并存着,交融着,使月成了缠绵的月,灯射着渺渺的灵辉;这正是天之所以厚秦淮河,也正是天之所以厚我们了。

　　这时却遇着了难解的纠纷。秦淮河上原有一种歌妓,是以歌为业的。从前都在茶舫上,唱些大曲之类。每日午后一时起;什么时候止,却忘记了。晚上照样也有一回,也在黄晕的灯光里。我从前过南京时,曾随着朋友去听过两次。因为茶舫里的人脸太多了,觉得不大适意,终于听不出所以然。前年听说歌妓被取缔了,不知怎地,颇设想了几次——却想不出什么。这次到南京,先到茶舫上去看看。觉得颇是寂寥,令我无端地怅怅了。不料她们却仍在秦淮河里挣扎着,不料她们竟会纠缠到我们,我于是很张皇了。她们也乘着"七板子",她们总是坐在舱前的。舱前点着石油汽灯,光亮炫人眼目;坐在下面的,自然是纤毫毕见了——引诱客人们的力量,也便在此了。舱里躲着乐工等人,映着汽灯的余辉蠕动着;他们是永远不被注意的。每船的歌妓大约都是二人;天色一黑,她们的船就在大中桥外往来不息地兜生意。无论行着的船，泊着的船，都要来兜揽的。这都是我后来推想出来的。那晚不知怎样，忽然轮着我们的船了。我们的船好好地停着，一只歌舫划向我们来的；渐渐和我们的船并着了。铄铄的灯光逼得我们皱起了眉头；我们的风尘色全给它托出来了，这使我踧踖不安了。那时一个伙计跨过船来，拿着摊开的歌折，就近塞向我的手里，说，"点几出吧！"他跨过来的时候，我们船上似乎有许多眼光跟着。同时相近的别的船上也似乎有许多眼睛炯炯地向我们船上看着。我真窘了！我也装出大方的样子，向歌妓们瞥了一眼，但究竟是不成的！我勉强将那歌折翻了一翻，却不曾看清了几个字；便赶紧递还那伙计，一面不好意思地说，"不要，我们……不要。"他便塞给平伯，平伯掉转头去，摇手说，"不要！"那人还腻着不走。平伯又回过脸来，摇着头道，"不要！"于是那人重到我处，我窘着再拒绝了他。他这才有所不屑似的走了。我的心立刻放下，如释了重负一般。我们就开始自白了。

　　我说我受了道德律的压迫，拒绝了她们；心里似乎很抱歉的。这所谓抱歉，一面对于她们，一面对于我自己。她们于我们虽然没有很奢的希望；但总有些希望的。我们拒绝了她们，无论理由如何充足，却使她们的希望受了伤；这总有几分不做美了。这是我觉得很怅怅的。至于我自己，更有一种不足之感。我这时被四面的歌声诱惑了，降服了；但是远远的，远远的歌声总仿佛隔着重衣搔痒似的，越搔越搔不着痒处。我于是憧憬着贴耳的妙音了。在歌舫划来时，我的憧憬，变为盼望；我固执地盼望着，有如饥渴。虽然从浅薄的经验里，也能够推知，那贴耳的歌声，将剥去了一切的美妙；但一个平常的人像我的，谁愿凭了理性之力去丑化未来呢？我宁愿自己骗着了。不过我的社会感性是很敏锐的；

我的思力能拆穿道德律的西洋镜,而我的感情却终于被它压服着。我于是有所顾忌了,尤其是在众目昭彰的时候。道德律的力,本来是民众赋予的;在民众的面前,自然更显出它的威严了。我这时一面盼望,一面却感到了两重的禁制:一、在通俗的意义上,接近妓者总算一种不正当的行为;二、妓是一种不健全的职业,我们对于她们,应有哀矜勿喜之心,不应赏玩地去听她们的歌。在众目睽睽之下,这两种思想在我心里最为旺盛。她们暂时压倒了我的听歌的盼望,这便成就了我的灰色的拒绝。那时的心实在异常状态中,觉得颇是昏乱。歌舫去了,暂时宁静之后,我的思绪又如潮涌了。两个相反的意思在我心头往复:卖歌和卖淫不同,听歌和狎妓不同,又干道德甚事?——但是,但是,她们既被逼的以歌为业,她们的歌必无艺术味的;况她们的身世,我们究竟该同情的。所以拒绝倒也是正办。但这些意思终于不曾撇开我的听歌的盼望。它力量异常坚强;它总想将别的思绪踏在脚下。从这重重的争斗里,我感到了浓厚的不足之感。这不足之感使我的心盘旋不安,起坐都不安宁了。唉!我承认我是一个自私的人!平伯呢,却与我不同。他引周启明先生的诗,"因为我有妻子,所以我爱一切的女人;因为我有子女,所以我爱一切的孩子。"他的意思可以见了。他因为推及的同情,爱着那些歌妓,并且尊重着她们,所以拒绝了她们。在这种情形下,他自然以为听歌是对于她们的一种侮辱。但他也是想听歌的,虽然不和我一样。所以在他的心头,当然也有一番小小的争斗;争斗的结果,是同情胜了。至于道德律,在他是没有什么的;因为他很有蔑视一切的倾向,民众的力量在他是不大觉着的。这时他的心意的活动比较简单,又比较松弱,故事后还怡然自若;我却不能了。这里平伯又比我高了。

在我们谈话中间，又来了两只歌舫。伙计照前一样的请我们点戏，我们照前一样的拒绝了。我受了三次窘，心里的不安更甚了。清艳的夜景也为之减色。船夫大约因为要赶第二趟生意，催着我们回去；我们无可无不可地答应了。我们渐渐和那些晕黄的灯光远了，只有些月色冷清清地随着我们的归舟。我们的船竟没个伴儿，秦淮河的夜正长哩！到大中桥近处，才遇着一只来船。这是一只载妓的板船，黑漆漆的没有一点光。船头上坐着一个妓女；暗里看出，白地小花的衫子，黑的下衣。她手里拉着胡琴，口里唱着青衫的调子。她唱得响亮而圆转；当她的船箭一般驶过去时，余音还袅袅地在我们耳际，使我们倾听而向往。想不到在弩末的游踪里，还能领略到这样的清歌！这时船过大中桥了，森森的水影，如黑暗张着巨口，要将我们的船吞了下去。我们回顾那渺渺的黄光，不胜依恋之情；我们感到了寂寞了！这一段地方夜色甚浓，又有两头的灯火招邀着；桥外的灯火不用说了，过了桥另有东关头疏疏的灯火。我们忽然仰头看见依人的素月，不觉深悔归来之早了！走过东关头，有一两只大船湾泊着，又有几只船向我们来着。嚣嚣的一阵歌声人语，仿佛笑我们无伴的孤舟哩。东关头转弯，河上的夜色更浓了；临水的妓楼上，时时从帘缝里射出一线一线的灯光；仿佛黑暗从酣睡里眨了一眨眼。我们默然地对着，静听那汩——汩的桨声，几乎要入睡了；朦胧里却温寻着适才的繁华的余味。我那不安的心在静里愈显活跃了！这时我们都有了不足之感，而我的更其浓厚。我们却只不愿回去，于是只能由懊悔而怅惘了。船里便满载着怅惘了。直到利涉桥下，微微嘈杂的人声，才使我豁然一惊；那光景却又不同。右岸的河房里，都大开了窗户，里面亮着晃晃的电灯，电灯的光射到水上，蜿蜒曲折，闪闪不息，正如跳舞着的仙女的臂膊。我们的船已在她的臂膊里了；如睡在摇篮里一样，倦了的我们便又入梦了。那电灯下的人物，只觉得像蚂蚁一般，更不去萦念。这是最后的梦；可惜是最短的梦！黑暗重复落在我们面前，我们看见傍岸的空船上一星两星的，枯燥无力又摇摇不定的灯光。我们的梦醒了，我们知道就要上岸了；我们心里充满了幻灭的情思。

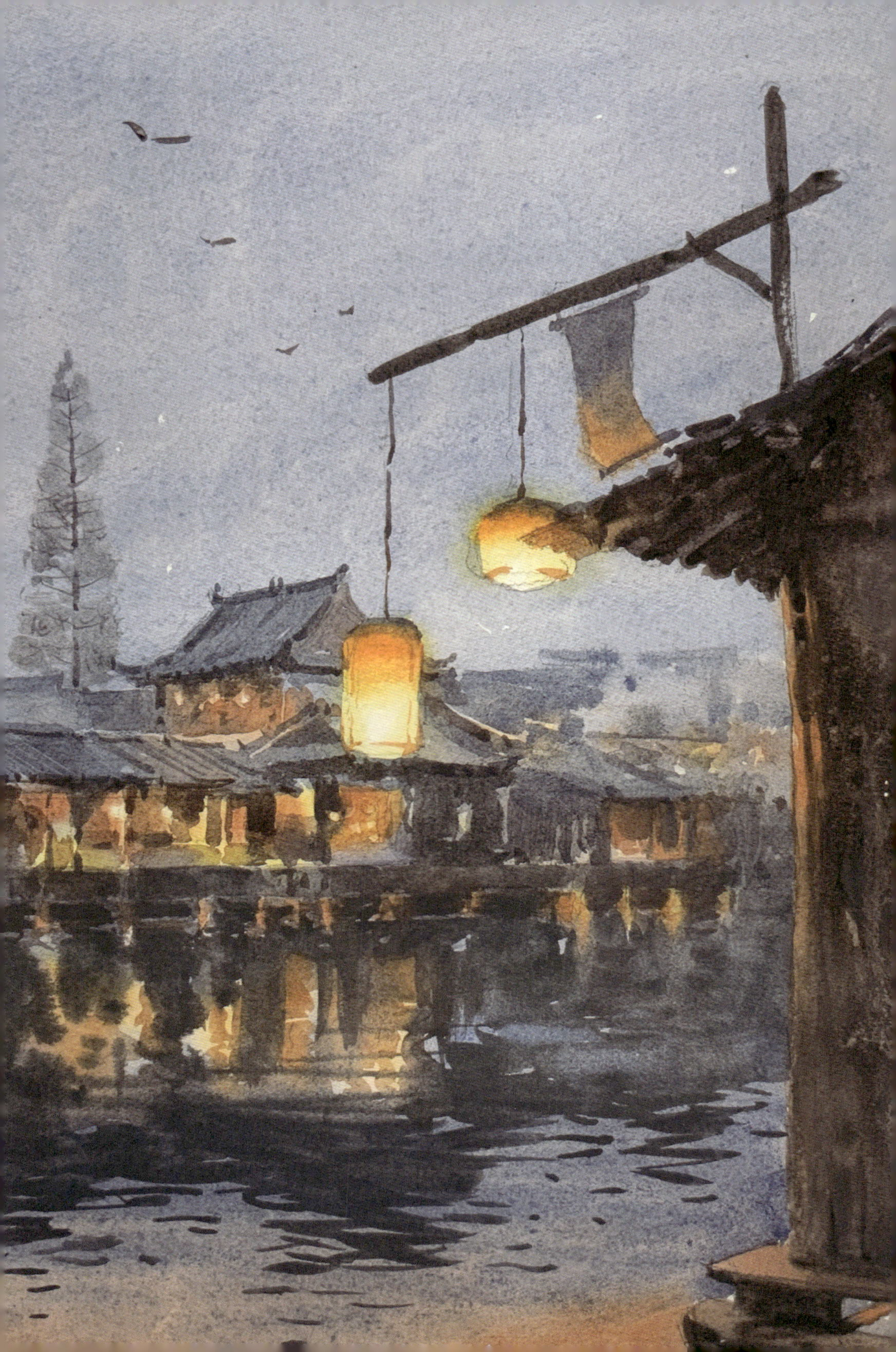

白马湖

今天是个下雨的日子。这使我想起了白马湖；因为我第一回到白马湖，正是微风飘萧的春日。

白马湖在甬绍铁道的驿亭站，是个极小极小的乡下地方。在北方说起这个名字，管保一百个人一百个人不知道。但那却是一个不坏的地方。这名字先就是一个不坏的名字。据说从前（宋时？）有个姓周的骑白马入湖仙去，所以有这个名字。这个故事也是一个不坏的故事。假使你乐意搜集，或也可编成一本小书，交北新书局印去。

白马湖并非圆圆的或方方的一个湖，如你所想到的，这是曲曲折折大大小小许多湖的总名。湖水清极了，如你所能想到的，一点儿不含糊像镜子。沿铁路的水，再没有比这里清的，这是公论。遇到旱年的夏季，别处湖里都长了草，这里却还是一清如故。白马湖最大的，也是最好的一个，便是我们住过的屋的门前那一个。

那个湖不算小，但湖口让两面的山包抄住了。外面只见微微的碧波而已，想不到有那么大的一片。湖的尽里头，有一个三四十户人家的村落，叫作西徐岙，因为姓徐的多。这村落与外面本是不相通的，村里人要出来得撑船。后来春晖中学在湖边造了房子，这才造了两座玲珑的小木桥，筑起一道煤屑路，直通到驿亭车站。那是窄窄的一条人行路，蜿蜒曲折的，路上虽常不见人，走起来却不见寂寞——尤其在微雨的春天，一个初到的来客，他左顾右盼，是只有觉得热闹的。

　　春晖中学在湖的最胜处，我们住过的屋也相去不远，是半西式。湖光山色从门里从墙头进来，到我们窗前、桌上。我们几家接连着；丏翁的家最讲究。屋里有名人字画，有古瓷，有铜佛，院子里满种着花。屋子里的陈设又常常变换，给人新鲜的受用。他有这样好的屋子，又是好客如命，我们便不时上他家里喝老酒。丏翁夫人的烹调也极好，每回总是满满的盘碗拿出来，空空的收回去。白马湖最好的时候是黄昏。湖上的山笼着一层青色的薄雾，在水里映着参差的模糊的影子。水光微微地暗淡，像是一面古铜镜。轻风吹来，有一两缕波纹，但随即平静了。天上偶见几只归鸟，我们看着它们越飞越远，直到不见为止。这个时候便是我们喝酒的时候。我们说话很少；上了灯话才多些，但大家都已微有醉意，是该回家的时候了。若有月光也许还得徘徊一会；若是黑夜，便在暗里摸索醉着回去。

　　白马湖的春日自然最好。山是青得要滴下来，水是满满的、软软的。小马路的两边，一株间一株地种着小桃与杨柳。小桃上各缀着几朵重瓣的红花，像夜空的疏星。杨柳在暖风里不住地摇曳。在这路上走着，时而听见锐而长的火车的笛声是别有风味的。在春天，不论是晴是雨，是月夜是黑夜，白马湖都好。雨中田里菜花的颜色最早鲜艳；黑夜虽什么不见，但可静静地受用春天的力量。夏夜也有好处，有月时可以在湖里划小船，四面满是青霭。船上望别的村庄，像是蜃楼海市，浮在水上，迷离惝恍的；有时听见人声或犬吠，大有世外之感。若没有月呢，便在田野里看萤火。那萤火不是一星半点的，如你们在城中所见；那是成千成百的萤火。一片儿飞出来，像金线网似的，又像耍着许多火绳似的。只有一层使我愤恨。那里水田多，蚊子太多，而且几乎全闪闪烁烁是疟蚊子。我们一家都染上了疟病，至今三四年了，还有未断根的。蚊子多足以减少露坐夜谈或划船夜游的兴致，这未免是美中不足了。

离开白马湖是三年前的一个冬日。前一晚"别筵"上，有丏翁与云君。我不能忘记丏翁，那是一个真挚豪爽的朋友。但我也不能忘记云君，我应该这样说，那是一个可爱的——孩子。

温州的踪迹

一、"月朦胧，鸟朦胧，帘卷海棠红"

  这是一张尺多宽的小小的横幅，马孟容君画的。上方的左角，斜着一卷绿色的帘子，稀疏而长；当纸的直处三分之一，横处三分之二。帘子中央，着一黄色的，茶壶嘴似的钩儿——就是所谓软金钩么？"钩弯"垂着双穗，石青色；丝缕微乱，若小曳于轻风中。纸右一圆月，淡淡的青光遍满纸上；月的纯净，柔软与平和，如一张睡美人的脸。从帘的上端向右斜伸而下，是一枝交缠的海棠花。花叶扶疏，上下错落着，共有五丛；或散或密，都玲珑有致。叶嫩绿色，仿佛掐得出水似的；在月光中掩映着，微微有浅深之别。花正盛开，红艳欲流；黄色的雄蕊历历的，闪闪的。衬托在丛绿之间，格外觉着妖娆了。枝欹斜而腾挪，如少女的一只臂膊。枝上歇着一对黑色的八哥，背着月光，向着帘里。一只歇得高些，小小的眼儿半睁半闭的，似乎在入梦之前，还有所留恋似的。那低些的一只别过脸来对着这一只，已缩着颈儿睡了。帘下是空空的，不着一些痕迹。

试想在圆月朦胧之夜，海棠是这样的妩媚而嫣润；枝头的好鸟为什么却双栖而各梦呢？在这夜深人静的当儿，那高踞着的一只八哥儿，又为何尽撑着眼皮儿不肯睡去呢？它到底等什么来着？舍不得那淡淡的月儿么？舍不得那疏疏的帘儿么？不，不，不，您得到帘下去找，您得向帘中去找——您该找着那卷帘人了？他的情韵风怀，原是这样这样的哟！朦胧的岂独月呢；岂独鸟呢？但是，咫尺天涯，叫我如何耐得？我拼着千呼万唤；你能够出来么？

　　这页画布局那样经济，设色那样柔和，故精彩足以动人。虽是区区尺幅，而情韵之厚，已足沦肌浃髓而有余。我看了这画，瞿然而惊：留恋之怀，不能自已。故将所感受的印象细细写出，以志这一段因缘。但我于中西的画都是门外汉，所说的话不免为内行所笑。——那也只好由他了。

二、绿

　　我第二次到仙岩的时候，我惊诧于梅雨潭的绿了。

　　梅雨潭是一个瀑布潭。仙岩有三个瀑布，梅雨瀑最低。走到山边，便听见哗哗哗哗的声音；抬起头，镶在两条湿湿的黑边儿里的，一带白而发亮的水便呈现于眼前了。我们先到梅雨亭。梅雨亭正对着那条瀑布；坐在亭边，不必仰头，便可见它的全体了。亭下深深的便是梅雨潭。这个亭踞在突出的一角的岩石上，上下都空空儿的；仿佛一只苍鹰展着翼翅浮在天宇中一般。三面都是山，像半个环儿拥着；人如在井底了。这是一个秋季的薄阴的天气。微微的云在我们顶上流着；岩面与草丛都从润湿中透出几分油油的绿意。而瀑布也似乎分外地响了。那瀑布从上面冲下，仿佛已被扯成大小的几绺；不复是一幅整齐而平滑的布。岩上有许多棱角；瀑流经过时，作急剧的撞击，便飞花碎玉般乱溅着了。那溅着的水花，晶莹而多芒；远望去，像一朵朵小小的白梅。微雨似的纷纷落着。据说，这就是梅雨潭之所以得名了。但我觉得像杨花，格外确切些。轻风起来时，点点随风飘散，那更是杨花了。——这时偶然有几点送入我们温暖的怀里，便倏地钻了进去，再也寻它不着。

梅雨潭闪闪的绿色招引着我们；我们开始追捉她那离合的神光了。揪着草，攀着乱石，小心探身下去，又鞠躬过了一个石穹门，便到了汪汪一碧的潭边了。瀑布在襟袖之间；但我的心中已没有瀑布了。我的心随潭水的绿而摇荡。那醉人的绿呀！仿佛一张极大极大的荷叶铺着，满是奇异的绿呀。我想张开两臂抱住她；但这是怎样一个妄想呀。——站在水边，望到那面，居然觉着有些远呢！这平铺着，厚积着的绿，着实可爱。她松松地皱缬着，像少妇拖着的裙幅；她轻轻地摆弄着，像跳动的初恋的处女的心；她滑滑地明亮着，像涂了"明油"一般，有鸡蛋清那样软，那样嫩，令人想着所曾触过的最嫩的皮肤；她又不杂些儿尘滓，宛然一块温润的碧玉，只清清的一色——但你却看不透她！我曾见过北京什刹海拂地的绿杨，脱不了鹅黄的底子，似乎太淡了。我又曾见过杭州虎跑寺近旁高峻而深密的"绿壁"，重叠着无穷的碧草与绿叶的，那又似乎太浓了。其余呢，西湖的波太明了，秦淮河的又太暗了。可爱的，我将什么来比拟你呢？我怎么比拟得出呢？大约潭是很深的，故能蕴蓄着这样奇异的绿；仿佛蔚蓝的天融了一块在里面似的，这才这般的鲜润呀。——那醉人的绿呀！我若能裁你以为带，我将赠给那轻盈的舞女；她必能临风飘举了。我若能挹你以为眼，我将赠给那善歌的盲妹；她必明眸善睐了。我舍不得你；我怎舍得你呢？我用手拍着你，抚摩着你，如同一个十二三岁的小姑娘。我又掬你入口，便是吻着她了。我送你一个名字，我从此叫你"女儿绿"，好么？

我第二次到仙岩的时候，我不禁惊诧于梅雨潭的绿了。

三、白水漈

几个朋友伴我游白水漈。

这也是个瀑布；但是太薄了，又太细了。有时闪着些许的白光；等你定睛看去，却又没有——只剩一片飞烟而已。从前有所谓"雾縠"，大概就是这样了。所以如此，全由于岩石中间突然空了一段；水到那里，无可凭依，凌虚飞下，便扯得又薄又细了。当那空处，最是奇迹。白光嬗为飞烟，已是影子，有时却连影子也不见。有时微风过来，用纤手挽着那影子，它便袅袅地成了一个软弧；但她的手才松，它又像橡皮带儿似的，立刻服服帖帖地缩回来了。我所以猜疑，或者另有双不可知的巧手，要将这些影子织成一个幻网。——微风想夺了她的，她怎么肯呢？

幻网里也许织着诱惑；我的依恋便是个老大的证据。

四、生命的价格——七毛钱

生命本来不应该有价格的；而竟有了价格！人贩子，老鸨，以至近来的绑票土匪，都就他们的所有物，标上参差的价格，出卖于人；我想将来午还有公开的人市场呢！在种种"人货"里，价格最高的，自然是土匪们的票了，少则成千，多则成万；大约是有历史以来，"人货"的最高的行情了。其次是老鸨们所有的妓女，由数百元到数千元，是常常听到的。最贱的要算是人贩子的货色！他们所有的，只是些男女小孩，只是些"生货"，所以便卖不起价钱了。

人贩子只是"仲买人"，他们还得取给于"厂家"，便是出卖孩子们的人家。"厂家"的价格才真是道地呢！《青光》里曾有一段记载，说三块钱买了一个丫头；那是移让过来的，但价格之低，也就够令人惊诧了！"厂家"的价格，却还有更低的！三百钱，五百钱买一个孩子，在灾荒时不算难事！但我不曾见过。我亲眼看见的一条最贱的生命，是七毛钱买来的！这是一个五岁的女孩子。一个五岁的"女孩子"卖七毛钱，也许不能算是最贱；但请您细看：将一条生命的自由和七枚小银元各放在天平的一个盘里，您将发现，正如九头牛与一根牛毛一样，两个盘儿的重量相差实在太远了！

我见这个女孩，是在房东家里。那时我正和孩子们吃饭；妻走来叫我看一件奇事，七毛钱买来的孩子！孩子端端正正地坐在条凳上；面孔黄黑色，但还丰润；衣帽也还整洁可看。我看了几眼，觉得和我们的孩子也没有什么差异；我看不出她的低贱的生命的符记——如我们看低贱的货色时所容易发现的符记。我回到自己的饭桌上，看看阿九和阿菜，始终觉得和那个女孩没有什么不同！但是，我毕竟发现真理了！我们的孩子所以高贵，正因为我们不曾出卖他们，而那个女孩所以低贱，正因为她是被出卖的；这就是她只值七毛钱的缘故了！呀，聪明的真理！

妻告诉我这孩子没有父母，她哥嫂将她卖给房东家姑爷开的银匠店里的伙计，便是带着她吃饭的那个人。他似乎没有老婆，手头很窘的，而且喜欢喝酒，是一个糊涂的人！我想这孩子父母若还在世，或者还舍不得卖她，至少也要迟几年卖她；因为她究竟是可怜的小羔羊。到了哥嫂的手里，情形便不同了！家里总不宽裕，多一张嘴吃饭，多费些布做衣，是显而易见的。将来人大了，由哥嫂卖出，究竟是为难的；说不定还得找补些儿，才能送出去。这可多么冤呀！不如趁小的时候，谁也不注意，做个人情，送了干净！您想，温州不算十分穷苦的地方，也没碰着大荒年，干什么得了七个小毛钱，就心甘情愿地将自己的小妹子捧给人家呢？说等钱用？谁也不信！七毛钱了得什么急事！温州又不是没人买的！大约买卖两方本来相知；那边恰要个孩子玩儿，这边也乐得出脱，便半送半卖地含糊定了交易。我猜想那时伙计向袋里一摸，一股脑儿掏了出来，只有七毛钱！哥哥原也不指望着这笔钱用，也就大大方方收了完事。于是财货两交，那女孩便归伙计管业了！

这一笔交易的将来，自然是在运命手里；女儿本姓"碰"，由她去碰罢了！但可知的，运命决不加惠于她！第一幕的戏已启示于我们了！照妻所说，那伙计必无这样耐心，抚养她成人长大！他将像豢养小猪一样，等到相当的肥壮的时候，便卖给屠户，任他宰割去；这其间他得了赚头，是理所当然的！但屠户是谁呢？在她卖作丫头的时候，便是主人！"仁慈的"主人只宰割她相当的劳力，如养羊而剪它的毛一样。到了相当的年纪，便将她配人。能够这样，她虽然被撇在丫头坯里，却还算不幸中之幸哩。但在目下这钱世界里，如此大方的人究竟是少的；我们所见的，十有六七是刻薄人！她若卖到这种人手里，他们必挼榨她过量的劳力。供不应求时，便骂也来了，打也来了！等她成熟时，却又好转卖给人家做妾；平常挼榨的不够，这儿又找补一个尾子！偏生这孩子模样儿又不好；入门不能得丈夫的欢心，容易遭大妇的凌虐，又是显然的！她的一生，将消磨于眼泪中了！也有些主人自己收婢做妾的；但红颜白发，也只空断送了她的一生！和前例相较，只是五十步与百步而已。——更可危的，她若被那伙计卖在妓院里，老鸨才真是个令人肉颤的屠户呢！我们可以想到：她怎样逼她学弹学唱，怎样驱遣她去做粗活！怎样用藤筋打她，用针刺她！怎样督责她承欢卖笑！她怎样吃残羹冷饭！怎样打熬着不得睡觉！怎样终于生了一身毒疮！她的相貌使她只能做下等妓女；她的沦落风尘是终生的！她的悲剧也是终生的！——唉！七毛钱竟买了你的全生命——你的血肉之躯竟抵不上区区七个小银元么？生命真太贱了！生命真太贱了！

因此想到自己的孩子的运命，真有些胆寒！钱世界里的生命市场存在一日，都是我们孩子的危险！都是我们孩子的侮辱！您有孩子的人呀，想想看，这是谁之罪呢？这是谁之责呢？

蒙自杂记

我在蒙自住过五个月，我的家也在那里住过两个月。我现在常常想起这个地方，特别是在人事繁忙的时候。

蒙自小得好，人少得好。看惯了大城的人，见了蒙自的城圈儿会觉得像玩具似的，正像坐惯了普通火车的人，乍踏上个碧石小火车，会觉得像玩具似的。但是住下来，就渐渐觉得有意思。城里只有一条大街，不消几趟就走熟了。书店，文具店，点心店，电筒店，差不多闭了眼可以找到门儿。城外的名胜去处，南湖，湖里的崧岛，军山，三山公园，一下午便可走遍，怪省力的。不论城里城外，在路上走，有时候会看不见一个人。整个儿天地仿佛是自己的；自我扩展到无穷远，无穷大。这教我想起了台州和白马湖，在那两处住的时候，也有这种静味。

大街上有一家卖糖粥的，带着卖煎粑粑。桌子凳子乃至碗匙等都很干净，又便宜，我们联大师生照顾的特别多。掌柜是个四川人，姓雷，白发苍苍的。他脸上常挂着微笑，却并不是巴结顾客的样儿。他爱点古玩什么的，每张桌子上，竹器瓷器占着一半儿；糖粥和粑粑便摆在这些桌子上吃。他家里还藏着些"精品"，高兴的时候，会特地去拿来请顾客赏玩一番。老头儿有个老伴儿，带一个伙计，就这么活着，倒也自得其乐。我们管这个铺子叫"雷稀饭"，管那掌柜的也叫这名儿；他的人缘儿是很好的。

城里最可注意的是人家的门对儿。这里许多门对儿都切合着人家的姓。别地方固然也有这么办的，但没有这里的多。散步的时候边看边猜，倒很有意思。但是最多的是抗战的门对儿。昆明也有，不过按比例说，怕不及蒙自的多；多了，就造成一种氛围气，叫在街上走的人不忘记这个时代的这个国家。这似乎也算利用旧形式宣传抗战建国，是值得鼓励的。眼前旧历年就到了，这种抗战春联，大可提倡一下。

蒙自的正式宣传工作，除党部的标语外，教育局的努力，也值得记载。他们将一座旧戏台改为演讲台，又每天张贴油印的广播消息。这都是有益民众的。他们的经费不多，能够逐步做去，是很有希望的。他们又帮忙北大的学生办了一所民众夜校。报名的非常踊跃，但因为教师和座位的关系，只收了二百人。夜校办了两三个月，学生颇认真，成绩相当可观。那时蒙自的联大要搬到昆明来，便只得停了。教育局长向我表示很可惜；看他的态度，他说的是真心话。蒙自的民众相当的乐意接受宣传。联大的学生曾经来过一次灭蝇运动。四五月间蒙自苍蝇真多。有一位朋友在街上笑了一下，一张口便飞进一个去。灭蝇运动之后，街上许多食物铺子，备了冷布罩子，虽然简陋，不能不说是进步。铺子的人常和我们说，"这是你们来了之后才有的呀。"可见他们是很虚心的。

蒙自有个火把节，四乡是在阴历六月二十四晚上，城里是二十五晚上。那晚上城里人家都在门口烧着芦秆或树枝，一处处一堆堆熊熊的火光，围着些男男女女大人小孩；孩子们手里更提着烂布浸油的火球儿晃来晃去的，跳着叫着，冷静的城顿然热闹起来。这火是光，是热，是力量，是青年。四乡地方空阔，都用一棵棵小树烧；想象着一片茫茫的大黑暗里涌起一团团的热火，光景够雄伟的。四乡那些夷人，该更享受这个节，他们该更热烈地跳着叫着罢。这也许是个祓除节，但暗示着生活力的伟大，是个有意义的风俗；在这抗战时期，需要鼓舞精神的时期，它的意义更是深厚。

南湖在冬春两季水很少，有一半简直干得不剩一点二滴儿。但到了夏季，涨得溶溶滟滟的，真是返老还童一般。湖堤上种了成行的由加利树；高而直的干子，不差什么也有"参天"之势，细而长的叶子，像惯于拂水的垂杨，我一站到堤上禁不住想到北平的什刹海。再加上崧岛那一带田田的荷叶，亭亭的荷花，更像什刹海了。崧岛是个好地方，但我看还不如三山公园曲折幽静。这里只有三个小土堆儿，几个朴素小亭儿。可是回旋起伏，树木掩映，这儿那儿更点缀着一些石桌石墩之类；看上去也罢，走起来也罢，都让人有点余味可以咀嚼似的。这不能不感谢那位李崧军长。南湖上的路都是他的军士筑的，崧岛和军山也是他重新修整的；而这个小小的公园，更见出他的匠心。这一带他写的匾额很多。他自然不是书家，不过笔势瘦硬，颇有些英气。

联大租借了海关和东方汇理银行旧址，是蒙自最好的地方。海关里高大的由加利树，和一片软软的绿草是主要的调子，进了门不但心胸一宽，而且周身觉得润润的。树头上好些白鹭，和北平太庙里的"灰鹤"是一类，北方叫作"老等"。那洁白的羽毛，那伶俐的姿态，耐人看，一清早看尤好。在一个角落里有一条灌木林的甬道，夜里月光从叶缝里筛下来，该是顶有趣的。另一个角落长着些芒果树和木瓜树，可惜太阳力量不够，果实结得不肥,但沾着点热带味,也叫人高兴。银行里花多,遍地的颜色,随时都有,不寂寞。最艳丽的要数叶子花。花是浓浓的紫,脉络分明活像叶,一丛丛的,一片片的,真是"浓得化不开"。花开的时候真久。我们四月里去,它就开了,八月里走,它还没谢呢。

回来杂记

回到北平来，回到原来服务的学校里，好些老工友见了面用道地的北平话道，"您回来啦！"是的，回来啦。去年刚一胜利，不用说是想回来的。可是这一年来的情形使我回来的心淡了，想象中的北平，物价像潮水一般涨，整个的北平也像在潮水里晃荡着。然而我终于回来了。飞机过北平城上时，那棋盘似的房屋，那点缀着的绿树，那紫禁城，那一片黄琉璃瓦，在晚秋的夕阳里，真美。在飞机上看北平市，我还是第一次。这一看使我连带地想起北平的多少老好处，我忘怀一切，重新爱起北平来了。

在西南接到北平朋友的信，说生活虽艰难，还不至如传说之甚，说北平的街上还跟从前差不多的样子。是的，北平就是粮食贵得凶，别的还差不离儿。因为只有粮食贵得凶，所以从上海来的人，简直松了一大口气，只说"便宜呀！便宜呀！"我们从重庆来的，却没有这样胃口。再说虽然只有粮食贵得凶，然而粮食是人人要吃日日要吃的。这是一个浓重的阴影，罩着北平的将来。但是现在谁都有点儿且顾眼前，将来，管得它呢！粮食以外，日常生活的必需品，大致看来不算少；不是必需而带点儿古色古香的那就更多。旧家具，小玩意儿，在小市里，地摊上，有得挑选的，价钱合适，有时候并且很贱。这是北平老味道，就是不大有耐心去逛小市和地摊的我，也深深在领略着。从这方面看，北平算得是"有"的都市，西南几个大城比起来真寒碜相了。再去故宫一看，吓，可了不得！虽然曾游过多少次，可是从西南回来这是第一次。东西真多，小市和地摊儿自然不在话下。逛故宫简直使人不想买东西，买来买去，买多买少，算得什么玩意儿！北平真"有"，真"有"它的！

北平不但在这方面和从前一样"有"，并且在整个生活上也差不多和从前一样闲。本来有电车，又加上了公共汽车，然而大家还是悠悠儿的。电车有时来得很慢，要等得很久。从前似乎不至如此，也许是线路加多，车辆并没有比例的加多吧？公共汽车也是来得慢，也要等得久。好在大家有的是闲工夫，慢点儿无妨，多等点时候也无妨。可是刚从重庆来的却有些不耐烦。别瞧现在重庆的公共汽车不漂亮，可是快，上车，卖票，下车都快。也许是无事忙，可是快是真的。就是在排班等着罢，眼看着一辆辆来车片刻间上满了客开了走，也觉痛快，比望眼欲穿的看不到来车的影子总好受些。重庆的公共汽车有时也挤，可是从来没有像我那回坐宣武门到前门的公共汽车那样，一面挤得不堪，一面卖票人还在中途站从容地给争着上车的客人排难解纷。这真闲得可以。

现在北平几家大型报都有几种副刊，中型报也有在拉人办副刊的。副刊的水准很高，学术气非常重。各报又都特别注重学校消息，往往专辟一栏登载。前一种现象别处似乎没有，后一种现象别处虽然有，却不像这儿的认真——几乎有闻必录。北平早就被称为"大学城"和"文化城"，这原是旧调重弹，不过似乎弹得更响了。学校消息多，也许还可以认为有点生意经；也许北平学生多，这么着报可以多销些？副刊多却决不是生意经，因为有些副刊的有些论文似乎只有一些大学教授和研究院学生能懂。这种论文原应该出现在专门杂志上，但目前出不起专门杂志，只好暂时委屈在日报的余幅上：这在编副刊的人是有理由的。在报馆方面，反正可以登载的材料不多，北平的广告又未必太多，多来它几个副刊，一面配合着这古城里看重读书人的传统，一面也可以镇静镇静这多少有点儿晃荡的北平市，自然也不错。学校消息多，似乎也有点儿配合着看重读书人的传统的意思。研究学术本来要悠闲，这古城里向来看重的读书人正是那悠闲的读书人。我也爱北平的学术空气，自己也只是一个悠闲的读书人，并且最近也主编了一个带学术性的副刊，不过还是觉得这么多的这么学术的副刊确是北平特有的闲味儿。

然而北平究竟有些和从前不一样了。说它"有"罢，它"有"贵重的古董玩器，据说现在主顾太少了。从前买古董玩器送礼，可以巴结个一官半职的。现在据说懂得爱古董玩器的就太少了。礼还是得送，可是上了句古话，什么人爱钞，什么人都爱钞了。这一来倒是简单明了，不过不是老味道了。古董玩器的冷落还不足奇，更使我注意的是中山公园和北海等名胜的地方，也萧条起来了。我刚回来的时候，天气还不冷，有一天带着孩子们去逛北海。大礼拜的，漪澜堂的茶座上却只寥寥的几个人。听隔家茶座的伙计在向一位客人说没有点心卖，他说因为客人少，不敢预备。这些原是中等经济的人物常到的地方；他们少来，大概是手头不宽心头也不宽了吧。

中等经济的人家确乎是紧起来了。一位老住北平的朋友的太太，原来是大家小姐，不会做家里粗事，只会做做诗，画画画。这回见了面，瞧着她可真忙。她告诉我，用人减少了，许多事只得自己干；她笑着说现在操练出来了。她帮忙我捆书，既麻利，也还结实；想不到她真操练出来了。这固然也是好事，可是北平到底不和从前一样了。穷得没办法的人似乎也更多了。我太太有一晚九点来钟带着两个孩子走进宣武门里一个小胡同，刚进口不远，就听见一声，"站住！"向前一看，十步外站着一个人，正在从黑色的上装里掏什么，说时迟，那时快，顺着灯光一瞥，掏出来的乃是一把明晃晃的尖刀！我太太大声怪叫，赶紧转身向胡同口跑，孩子们也跟着怪叫，跟着跑。绊了石头，母子三个都摔倒；起来回头一看，那人也转了身向胡同里跑。这个人穿得似乎还不寒碜，白白的脸，年轻轻的。想来是刚走这个道儿，要不然，他该在胡同中间等着，等来人近身再喊"站住"。这也许真是到了无可奈何才来走险的。近来报上常见路劫的记载，想来这种新手该不少罢。从前自然也有路劫，可没有听说这么多。北平是不一样了。

  电车和公共汽车虽然不算快，三轮车却的确比洋车快得多。这两种车子的竞争是机械和人力的竞争，洋车显然落后。洋车夫只好更贱卖自己的劳力。有一回雇三轮儿，出价四百元，三轮儿定要五百元。一个洋车夫赶上来说，"我去，我去。"上了车他向我说要不是三轮儿，这么远这个价他是不干的。还有在雇三轮儿的时候常有洋车夫赶上来，若是不理他，他会说，"不是一样吗？"可是，就不一样！三轮车以外，自行车也大大地增加了。骑自行车可以省下一大笔交通费。出钱的人少，出力的人就多了。省下的交通费可以帮补帮补肚子，虽然是小补，到底是小补啊。可是现在北平街上可不是闹着玩儿的，骑车不但得出力，有时候还得拼命。按说北平的街道够宽的，可是近来常出事儿。我刚回来的一礼拜，就死伤了五六个人。其中王振华律师就是在自行车上被撞死的。这种交通的混乱情形，美国军车自然该负最大的责任。但是据报载，交通警察也很怕咱们自己的军车。警察却不怕自行车，更不怕洋车和三轮儿。他们对洋车和三轮儿倒是一视同仁，一个不顺眼就拳脚一齐来。曾在宣武门里一个胡同口看见一辆三轮儿横在口儿上和人讲价，一个警察走来，不问三七二十一，抓住三轮车夫一顿拳打脚踢。拳打脚踢倒从来如此，他却骂得怪，他骂道，"×你有民主思想的妈妈！"那车夫挨着拳脚不说话，也是从来如此。可是他也怪，到底是三轮车夫罢，在警察去后，却向着背影责问道，"你有权利打人吗？"这儿看出了时代的影子，北平是有点儿晃荡了。

别提这些了，我是贪吃得了胃病的人，还是来点儿吃的。在西南大家常谈到北平的吃食，这呀那的，一大堆。我心里却还惦记一样不登大雅的东西，就是马蹄儿烧饼夹果子。那是一清早在胡同里提着筐子叫卖的。这回回来却还没有吃到。打听住家人，也说少听见了。这马蹄儿烧饼用硬面做，用吊炉烤，薄薄的，却有点儿韧，夹果子（就是脆而细的油条）最是相得益彰，也脆，也有咬嚼，比起有心子的芝麻酱烧饼有意思得多。可是现在劈柴贵了，吊炉少了，做马蹄儿并不能多卖钱，谁乐意再做下去！于是大家一律用芝麻酱烧饼来夹果子了。芝麻酱烧饼厚，倒更管饱些。然而，然而不一样了。

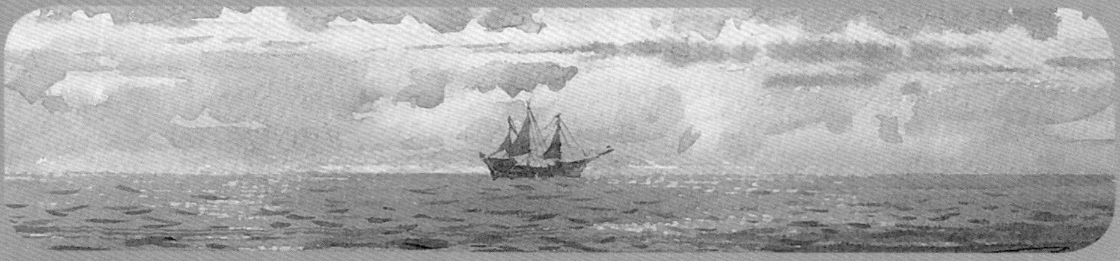

你要光明,你自己去造!

我们活着,
便该跳该叫。
生命给的欢乐,
谁也不会从我们手里夺掉。

匆匆

燕子去了，有再来的时候；杨柳枯了，有再青的时候；桃花谢了，有再开的时候。但是，聪明的，你告诉我，我们的日子为什么一去不复返呢？——是有人偷了他们罢：那是谁？又藏在何处呢？是他们自己逃走了罢：现在又到了哪里呢？

我不知道他们给了我多少日子，但我的手确乎是渐渐空虚了。在默默里算着，八千多日子已经从我手中溜去，像针尖上一滴水滴在大海里，我的日子滴在时间的流里，没有声音，也没有影子。我不禁头涔涔而泪潸潸了。

去的尽管去了，来的尽管来着；去来的中间，又怎样地匆匆呢？早上我起来的时候，小屋里射进两三方斜斜的太阳。太阳他有脚啊，轻轻悄悄地挪移了；我也茫茫然跟着旋转。于是——洗手的时候，日子从水盆里过去；吃饭的时候，日子从饭碗里过去；默默时，便从凝然的双眼前过去。我觉察他去的匆匆了，伸出手遮挽时，他又从遮挽着的手边过去，天黑时，我躺在床上，他便伶伶俐俐地从我身上跨过，从我脚边飞去了。等我睁开眼和太阳再见，这算又溜走了一日。我掩着面叹息。但是新来

你要光明，你自己去造！

的日子的影儿又开始在叹息里闪过了。

在逃去如飞的日子里，在千门万户的世界里的我能做些什么呢？只有徘徊罢了，只有匆匆罢了；在八千多日的匆匆里，除徘徊外，又剩些什么呢？过去的日子如轻烟，被微风吹散了，如薄雾，被初阳蒸融了；我留着些什么痕迹呢？我何曾留着像游丝样的痕迹呢？我赤裸裸来到这世界，转眼间也将赤裸裸地回去罢？但不能平的，为什么偏要白白走这一遭啊？

你聪明的，告诉我，我们的日子为什么一去不复返呢？

刹那

我所谓"刹那",指"极短的现在"而言。

在这个题目下面,我想略略说明我对于人生的态度。现在人说到人生,总要谈它的意义与价值;我觉得这种"谈"是没有意义与价值的。且看古今多少哲人,他们对于人生,都曾试作解人,议论纷纷,莫衷一是;他们"各思以其道易天下",但是谁肯真个信从呢?——他们只有自慰自驱罢了!我觉得人生的意义与价值横竖是寻不着的——至少现在的我们是如此——而求生的意志却是人人都有的。既然求生,当然要求好好地生。如何求好好地生,是我们各人"眼前的"最大的问题;而全人生的意义与价值却反是大而无当的东西,尽可搁在一旁,存而不论。因为要求好好地生,断不能用总解决的办法;若用总解决的办法,便是"好好地"三个字的意义,也尽够你一生的研究了,而"好好地生"终于不能努力去求的!这不是走入牛角湾里去了么?要求好好的生,须零碎解决,须随时随地去体会我生"相当的"意义与价值;我们所要体会的是刹那间的人生,不是上下古今东西南北的全人生!

着眼于全人生的人,往往忘记了他自己现在的生活。他们或以为人生的意义与价值在于过去；时时回顾着从前的黄金时代，涎垂三尺！而不知他们所回顾的黄金时代，实是传说的黄金时代！——就是真有黄金时代；区区的回顾又岂能将它招回来呢？他们又因为念旧的情怀，往往将自己的过去任情扩大，加以点染，作为回顾的资料，惆怅的因由。这种人将在惆怅，惋惜之中度了一生，永没有满足的现在——一刹那也没有！惆怅惋惜常与彷徨相伴；他们将彷徨一生而无一刹那的成功的安息！这是何等的空虚呀。着眼于全人生的，或以为人生的意义与价值在于将来；时时等待着将来的奇迹。而将来的奇迹真成了奇迹，永不降临于笼着手，跍着脚，抻着颈，只知道"等待"的人！他们事事都等待"明天"去做，"今天"却专作为等待之用；自然的，到了明天，又须等待明天的明天了。这种人到了死的一日，将还留着许许多多明天"要"做的事——只好来生再做了吧！他们以将来自驱，在徒然的盼望里送了一生，成功的安慰不用说是没有的，于是也没有满足的一刹那！"虚空的虚空"便是他们的运命了！这两种人的毛病，都在远离了现在——尤其是眼前的一刹那。

着眼于现在的人未尝没有。自古所谓"及时行乐"，正是此种。但重在行乐，容易流于纵欲；结果偏向一端，仍不能得着健全的，谐和的发展——仍不能得着好好地生！况且所谓"及时行乐"，往往"醉翁之意不在酒"；不过借此掩盖悲哀，并非真正在行乐。杨恽说，"及时行乐耳；须富贵何时！"明明是不得志时的牢骚语。"遇饮酒时须饮酒，得高歌处且高歌"，明明是哀时事不可为而厌世的话。这都是消极的！消极的行乐，虽属及时，而意别有所寄；所以便不能认真做去，所以便不能体会行乐的一刹那的意义与价值——虽然行乐，不满足还是依然，甚至变本加厉呢！欧洲的颓废派，自荒于酒色，以求得刹那间官能的享乐为满足；在这些时候，他们见着美丽的幻像，认识了自己。他们的官能虽较从前人敏锐多多，但心情与纵欲的及时行乐的人正是大同小异。他们觉到现世的苦痛，已至忍无可忍的时候，才用颓废的方法，以求暂时的遗忘；正如糖面金鸡纳霜丸一般，面子上一点甜，里面却到心都是苦呀！友人某君说，颓废便是慢性的自杀，实能道出这一派的精微处。总之，无论行乐派，颓废派，深浅虽有不同，却都是"伤心人别有怀抱"；他们有意的或无意的企图"生之毁灭"。这是求生意志的消极的表现；这种表现当然不能算是好好地生了。他们面前的满足安慰他们的力量，决不抵他们背后的不满足压迫他们的力量；他们终于不能解脱自己，仅足使自己沉沦得更深而已！他们所认识的自己，只是被苦痛压得变形了的，虚空的自己；决不是充实的生命，决不是的！所以他们虽着眼于现在，而实未体会现在一刹那的生活的真味；他们不曾体会着一刹那的意义与价值，仍只是白辜负他们的刹那的现在！

我们目下第一不可离开现在，第二还应执着现在。我们应该深入现在的里面，用两只手揿牢它，愈牢愈好！已往的人生如何的美好，或如何的乏味而可憎；已往的我生如何的可珍惜，或如何的可厌弃，"现在"都可不必去管它，因为过去的已"过去"了——孔子岂不说："往者不可谏"么？将来的人生与我生，也应作如是观；无论是有望，是无望，是绝望，都还是未来的事，何必空空地操心呢？要晓得"现在"是最容易明白的；"现在"虽不是最好，却是最可努力的地方，就是我们最能管的地方。因为是最能管的，所以是最可爱的。古尔孟曾以葡萄喻人生：说早晨还酸，傍晚又太熟了，最可口的是正午时摘下的。这正午的一刹那，是最可爱的一刹那，便是现在。事情已过，追想是无用的；事情未来，预想也是无用的；只有在事情正来的时候，我们可以把捉它，发展它，改正它，补充它：使它健全，谐和，成为完满的一段落，一历程。历程的满足，给我们相当的欢喜。譬如我来此演讲，在讲的一刹那，我只专心致志地讲；决不想及演讲以前吃饭，看书等事，也不想及演讲以后发表讲稿，毁誉等事。——我说我所爱说的，说一句是一句，都是我心里的话。我说完一句时，心里便轻松了一些，这就是相当的快乐了。这种历程的满足，便是我所谓"我生相当的意义与价值"，便是"我们所能体会的刹那间的人生"。无论您对于全人生有如何的见解，这刹那间的意义与价值总是不可埋没的。您若说人生如电光泡影，则刹那便是光的一闪，影的一现。这光影虽是暂时的存在，但是有不是无，是实在不是空虚；这一闪一现便是实现，也便是发展——也便是历程的满足。您若说人生是不朽的，刹那的生当然也是不朽的。您若说人生向着死之路，那么，未死前的一刹那总是生，总值得好好地体会一番的；何况未死前还有无量数的刹那呢？您若说人生是无限的，好，刹那也可说是无限的。无论怎样说，刹那总是有的，总是真的；刹那间好好地生总可以体会的。好了，不要思前想后的了，耽误了"现在"，又是后来惋惜的资料，向谁去追索呀？你们"正在"做什么，就尽力做什么吧；最好的是 -ing，可宝贵的 -ing 呀！你们要努力满足"此时此地此我"！——这叫作"三此"，又叫作刹那。

言尽于此，相信我的，不要再想，赶快去做你今晚的事吧；不相信的，也不要再想，赶快去做你今晚的事吧！

说话

谁能不说话，除了哑子？有人这个时候说，那个时候不说。有人这个地方说，那个地方不说。有人跟这些人说，不跟那些人说。有人多说，有人少说。有人爱说，有人不爱说。哑子虽然不说，却也有那咿咿呀呀的声音，指指点点的手势。

说话并不是一件容易事。天天说话，不见得就会说话；许多人说了一辈子话，没有说好过几句话。所谓"辩士的舌锋""三寸不烂之舌"等赞词，正是物稀为贵的证据；文人们讲究"吐属"，也是同样的道理。我们并不想做辩士，说客，文人，但是人生不外言动，除了动就只有言，所谓人情世故，一半儿是在说话里。古文《尚书》里说，"唯口，出好兴戎"，一句话的影响有时是你料不到的，历史和小说上有的是例子。

说话即使不比作文难，也决不比作文容易。有些人会说话不会作文，但也有些人会作文不会说话。说话像行云流水，不能够一个字一个字推敲，因而不免有疏漏散漫的地方，不如作文的谨严。但那些行云流水般的自然，却决非一般文章所及——文章有能到这样境界的，简直当以说话论，不再是文章了。但是这是怎样一个不易到的境界！我们的文章，哲学里虽有"用笔如舌"一个标准,古今有几个人真能"用笔如舌"呢?不过文章不甚自然,还可成为功力一派,说话是不行的;说话若也有功力派,你想,那怕真够瞧的!

　　说话到底有多少种,我说不上。约略分别:向大家演说,讲解,乃至说书等是一种,会议是一种,公私谈判是一种,法庭受审是一种,向新闻记者谈话是一种:这些可称为正式的。朋友们的闲谈也是一种,可称为非正式的。正式的并不一定全要拉长了面孔,但是拉长了的时候多。这种话都是成片段的,有时竟是先期预备好的。只有闲谈,可以上下古今,来一个杂拌儿;说是杂拌儿,自然零零碎碎,成片段的是例外。闲谈说不上预备,满是将话搭话,随机应变。说预备好了再去"闲"谈,那岂不是个大笑话?这种种说话,大约都有一些公式,就是闲谈也有——"天气"常是闲谈的发端,就是一例。但是公式是死的,不够用的,神而明之还在乎人。会说的教你眉飞色舞,不会说的教你昏头搭脑,即使是同一个意思,甚至同一句话。

　　中国人很早就讲究说话。《左传》《国策》《世说》是我们的三部说话的经典。一是外交辞令,一是纵横家言,一是清谈。你看他们的话多么婉转如意,句句字字打进人心坎里。还有一部《红楼梦》,里面的对话也极轻松,漂亮。此外汉代贾君房号为"语妙天下",可惜留给我们的只有这一句赞词;明代柳敬亭的说书极有大名,可惜我们也无从领略。近年来的新文学,将白话文欧化,从外国文中借用了许多活泼的,精细的表现,同时暗示我们将旧来有些表现重新咀嚼一番。这却给我们的语言一种新风味,新力量。加以这些年说话的艰难,使一般报纸都变乖巧了,他们知道用侧面的,反面的,夹缝里的表现了。这对于读者是一种不容避免的好训练；他们渐渐敏感起来了，只有敏感的人，才能体会那微妙的咬嚼的味儿。这时期说话的艺术确有了相当的进步。论说话艺术的文字，从前著名的似乎只有韩非的《说难》，那是一篇剖析入微的文字。现在我们却已有了不少的精警之作，鲁迅先生的《立论》就是的。这可以证明我所说的相当的进步了。

中国人对于说话的态度，最高的是忘言，但如禅宗"教"人"将嘴挂在墙上"，也还是免不了说话。其次是慎言，寡言，讷于言。这三样又有分别：慎言是小心说话，小心说话自然就少说话，少说话少出错儿。寡言是说话少，是一种深沉或贞静的性格或品德。讷于言是说不出话，是一种浑厚诚实的性格或品德。这两种多半是生成的。第三是修辞或辞令。至诚的君子，人格的力量照彻一切的阴暗，用不着多说话，说话也无须乎修饰。只知讲究修饰，嘴边天花乱坠，腹中矛戟森然，那是所谓小人；他太会修饰了，倒教人不信了。他的戏法总有让人揭穿的一日。我们是介在两者之间的平凡的人，没有那伟大的魄力，可也不至于忘掉自己。只是不能无视世故人情，我们看时候，看地方，看人，在礼貌与趣味两个条件之下，修饰我们的说话。这儿没有力，只有机智；真正的力不是修饰所可得的。我们所能希望的只是：说得少，说得好。

你要光明，你自己去造！

话中有鬼

不管我们相信有鬼或无鬼，我们的话里免不了有鬼。我们话里不但有鬼，并且铸造了鬼的性格，描画了鬼的形态，赋予了鬼的才智。凭我们的话，鬼是有的，并且是活的。这个来历很多，也很古老，我们有的是鬼传说，鬼艺术，鬼文学。但是一句话，我们照自己的样子创出了鬼，正如宗教家的上帝照他自己的样子创出了人一般。鬼是人的化身，人的影子。我们讨厌这影子，有时可也喜欢这影子。正因为是自己的化身，才能说得活灵活现的，才会老挂在嘴边儿上。

"鬼"通常不是好词儿。说"这个鬼！"是在骂人，说"死鬼"也是的。还有"烟鬼""酒鬼""馋鬼"等，都不是好话。不过骂人有怒骂，也有笑骂；怒骂是恨，笑骂却是爱——俗语道，"打是疼，骂是爱"，就是明证。这种骂尽管骂的人装得牙痒痒的，挨骂的人却会觉得心痒痒的。女人喜欢骂人"鬼……""死鬼！"大概就是这个道理。至于"刻薄鬼""啬刻鬼""小气鬼"等，虽然不大惹人爱似的，可是笑嘻嘻地骂着，也会给人一种热，光却不会有——鬼怎么会有光？光天化日之下怎么会有鬼呢？固然也有"白日见鬼"这句话，那跟"见鬼""活见鬼"一样，只是说你"与鬼为邻",说你是个鬼。鬼没有阳气,所以没有光。所以只有"老鬼""小鬼",没有"少鬼""壮鬼",老年人跟小孩子阳气差点儿,凭他们的年纪就可以是鬼,青年人,中年人阳气正盛,不能是鬼。青年人,中年人也可以是鬼,但是别有是鬼之道,不关年纪。"阎王好见,小鬼难当",那"小"的是地位,所以可怕可恨;若凭年纪,"老鬼"跟"小鬼"倒都是恨也成,爱也成——若说"小鬼头",那简直还亲亲儿的,热热儿的。又有人爱说"鬼东西",那也还只是鬼,"鬼"就是"东西","东西"就是"鬼"。总而言之,鬼贪,鬼小,所以"有钱使得鬼推磨";鬼是一股阴气,是黑暗的东西。人也贪,也小,也有黑暗处,鬼其实是代人受过的影子。所以我们只说"好人""坏人",却只说"坏鬼";恨也罢,爱也罢,从来没有人说"好鬼"。

"好鬼"不在话下,"美鬼"也不在话下,"丑鬼"倒常听见。说"鬼相",说"像个鬼",也都指鬼而言。不过丑的未必就不可爱,特别像一个女人说,"你看我这副鬼相!""你看我像个鬼!"她真会想教人讨厌她吗?"做鬼脸"也是鬼,可是往往惹人爱,引人笑。这些都是丑得有意思。"鬼头鬼脑"不但丑,并且丑得小气。"鬼胆"也是小的,"鬼心眼儿"也是小的。"鬼胎"不用说的怪胎,"怀着鬼胎"不用说得担惊害怕。还有,书上说,"冷如鬼手馨!"鬼手是冰凉的,尸体原是冰凉的。"鬼叫""鬼哭"都刺耳难听。"鬼胆"和"鬼心眼儿"却有人爱,为的是怪可怜见的。从我们话里所见的鬼的身体,大概就是这一些。

再说"鬼鬼祟祟的"虽然和"鬼头鬼脑"差不多,可只描画那小气而不光明的态度,没有指出身体部分。这就跟着"出了鬼!""其中有鬼!",固然,"鬼""诡"同音,但是究竟因"鬼"而"诡",还是因"诡"而"鬼",

你要光明，你自己去造！

似乎是个兜不完的圈子。我们也说"出了花样""其中有花样"，"花样"正是"诡"，是"谲"；鬼是诡谲不过的，所以花样多的人，我们说他"鬼得很"，书上的"鬼蜮伎俩"，口头的"鬼计多端"，指的就是这一类人。这种人只惹人讨厌招人恨，谁爱上了他们才怪！这种人的话自然常是"鬼话"。不过"鬼话"未必都是这种人的话，有些居然娓娓可听，简直是"昵昵儿女语"，或者是"海外奇谈"。说是"鬼话"！尽管不信可是爱听的，有的是。寻常诳语也叫作"鬼话"，王尔德说得有理，诳原可以是很美的，只要撒得好。鬼并不老是那么精明，也有马虎的时候，说这种"无关心"的"鬼话"，就是他马虎的时候。写不好字叫作"鬼画符"，做不好活也叫作"鬼画符"，都是马马虎虎的，敷敷衍衍的。若连不相干的"鬼话"都不爱说，"符"也不爱"画"，那更是"懒鬼"。"懒鬼"还可以希望他不懒，最怕的是"鬼混"，"鬼混"就简直没出息了。

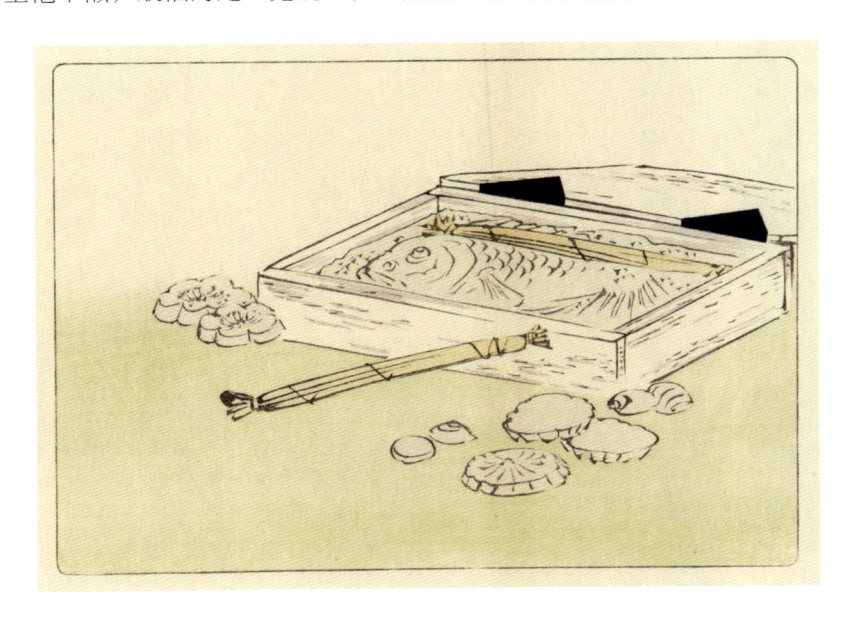

从来没有听见过"笨鬼",鬼大概总有点儿聪明,所谓"鬼聪明"。"鬼聪明"虽然只是不正经的小聪明,却也有了不起处。"什么鬼玩意儿!"尽管你瞧不上眼,他的可是一套玩意儿。你笑,你骂,你有时笑不得,哭不得,总之,你不免让"鬼玩意儿"耍一回。"鬼聪明"也有正经的,书上叫作"鬼才"。李贺是唯一的号为"鬼才"的诗人,他的诗浓丽和幽险,森森然有鬼气。更上一层的"鬼聪明",书上叫作"鬼工";"鬼工"险而奇,非人力所及。这词儿用来夸赞佳山水,大自然的创作,但似乎更多用来夸赞人们文学的和艺术的创作。还有"鬼斧神工",自然奇妙,也是这一类颂辞。借了"神"的光,"鬼"才能到这"自然奇妙"的一步,不然只是"险而奇"罢了。可是借光也不大易,论书画的将"神品"列在第一,决不列"鬼品","鬼"到底不能上品,真也怪可怜的。

你要光明,你自己去造!

不知道

世间有的是以不知为知的人。孔子老早就教人"知之为知之,不知为不知,是知也"。这是知识的诚实。知道自己的不知道,已经难,承认自己的不知道,更是难。一般人在知识上总爱表示自己知道,至少不愿意教人家知道自己不知道。苏格拉底也早看出这个毛病,他可总是盘问人家,直到那些人承认不知道而止。他是为真理。那些受他盘问的人,让他一层层逼下去,到了儿无可奈何,才只得承认自己不知道;但凡有一点儿躲闪的地步,这班人一定还要强词夺理,不肯轻易吐出"不知道"那句话的。在知识上肯坦白地承认自己不知道的,是个了不得的人,即便不是圣人,也该是君子人。知道自己的不知道,并且让人家知道自己的不知道,这是诚实,是勇敢。孔子说"是知也",这个不知道其实是真知道——至少真知道自己,所谓自知之明。

世间可也有以不知为妙的人。《庄子·齐物论》记着:

啮缺问乎王倪曰,"子知物之所同是乎?"曰,"吾恶乎知之!""子知子之所不知邪?"曰,"吾恶知之!""然则物无知邪？"曰，"吾恶乎知之！虽然，尝试言之，庸讵知吾所谓知之非不知邪？庸讵知吾所谓不知之非知邪？……"

三问而三不知。最后啮缺问道，"子不知利害，则至人固不知利害乎？"王倪的回答是，至人神妙不测，还有什么利害呢！他虽然似乎知道至人，可是并不知道至人知道不知道利害，所以还是一个不知。所以《应帝王》里说，"啮缺问于王倪，四问而四不知，啮缺因跃而大喜。"庄学反对知识，王倪才会说知也许是不知，不知也许是知——再进一层说，那神妙不测的境界简直是个不可知。王倪的四个不知道使啮缺恍然悟到了那境界，所以他"跃而大喜"。这是不知道的妙处，知道了妙处就没有了。《桃花源》里人"不知有汉，无论魏晋"。太上隐者"山中无历日，寒尽不知年"，人与自然为一，也是个不知道的妙。

人情上也有以不知道为妙的。章回小说叙到一位英雄落难，正在难解难分的生死关头，突然打住道，"不知英雄性命如何，且听下回分解。"这叫作"卖关子"。作书的或"说话的"明知道那英雄的性命如何，"看官"或听书的也明知道他知道，他却卖痴卖呆地装作不知道，愣说不知道。他知道大家关心，急着要知道，却偏偏且不说出，让大家更担心，更着急，这才更不能不去听他的看他的。妙就妙在这儿。再说少男少女未结婚的已结婚的提到他们的爱人或伴儿，往往只秃头说一个"他"或"她"字。你若问他或她是谁，那说话的会赌气似的答你，"不知道！"赌气似的是为你明知故问，害羞带撒娇可是一大半儿。孩子在赌气的时候，你问什么，他往往会给你一个"不知道"；专心的时候也会如此。就是不赌气不专心的时候，你若问到他忌讳或瞒人的话，他还会给你那个"不知道！"而且会赌起气来，至少也会赌气似的。孩子们总还是天真，他的不知道就是天真的妙。这些个不知道其实是"不告诉你！"或"不理你！"或"我管不着！"

有些脾气不好的成人，在脾气发作的时候也会像孩子似的，问什么都不知道。特别是你弄坏了他的东西或事情向他商量怎么办的时候，他的第一句答话往往是重重的或冷冷的一个"不知道"。这儿说的还是和你平等的人，若是他高一等，那自然更够受的——孩子遇见这种情形，大概会哭闹一场，可是哭了闹了就完事，倒不像成人会放在心里的——这个"不知道"其实是"不高兴说给你"；成人也有在专心的时候问什么都不知道的，那是所谓忘性儿大的人，不太多，而且往往是一半儿忘，一半儿装。忌讳的或瞒人的话，成人的比孩子的多而复杂，不过临到人家问着，他大概会用轻轻的一个"不知道"遮掩过去；他不至于动声色，为的是动了声色反露出马脚。至于像"你这个人真是，不知道利害！"；还有，"咳，不知道得多少钱才够我花的！"这儿的不知道却一半儿认真，一半闹着玩儿。认真是真不知道，因为谁能知道呢？你可以说，"天知道你这个人多利害！""鬼知道得多少钱才够我花的！"还是一样的语气。"天知道""鬼知道"，明明没有人知道。既然明明没有人知道，还要说"不知道"，不是废话？闹着玩儿？闹着玩可并非没有意义，这个不知道其实是为了加重语气，为了强调"你这个人多利害""得多少钱才够我花的"那两句话。

世间可也有成心以知为不知的，这是世故或策略。俗语道，"一问三不知"，就指的这种世故人。他事事怕惹是非，担责任，所以老是给你一个不知道。他不知道，他没有说什么，闹出了大小错儿是你们的，牵不到他身上去。这个可以说是"明哲保身"的不知道。老师在教室里问学生的书，学生回答"不知道"。也许他懒，没有看书，答不出；也许他看了书，还弄不清楚，想着答错了还不如回一个不知道，老师倒可以多原谅些。后一个不知道便是策略。五四运动的时候，北平有些学生被警察厅逮去送到法院。学生会请刘崇佑律师作辩护人。刘先生教那些学生到法院受讯的时候，对于审判官的问话如果不知道怎样回答才好，或者怕出了岔儿，就干脆说一个"不知道"。真的，你说"不知道"，人家抓不着你的把柄，派不着你的错处。从前用刑讯，即使真不知道，也可以逼得你说"知道"，现在的审判官却只能盘问你，用话套你，逼你，或诱你，说出你知道的。你如果小心提防着，多说些个"不知道"，审判官也没法奈何你。这个不知道更显然是策略。不过这策略的运用还在乎人。老辣的审判官在一大堆废话里夹带上一两句要紧话，让你提防不着，也许你会漏出一两个知道来，就定了案，那时候你所有的不知道就都变成废物了。

　　最需要"不知道"这策略的，是政府人员在回答新闻记者的问话的时候。记者若是提出不能发表或不便发表的内政外交问题来，政府发言人在平常的情形之下总得答话，可是又着不得一点儿边际，所以有些左右为难。固然他有时也可以"默不作声"，有时也可以老实答道，"不能奉告"或"不便奉告"；但是这么办得发言人的身份高或问题的性质特别严重才成，不然便不免得罪人。在平常的情形之下，发言人可以只说"不知道"，既得体，又比较婉转。

　　这个不知道其实是"无可奉告"，比"不能奉告"或"不便奉告"语气略觉轻些。至于发言人究竟是知道，是不知道，那是另一回事儿，可以不论。现代需用这一个不知道的机会很多,每回的局面却不完全一样。发言人斟酌当下的局面,有时将这句话略加变化,说得更婉转些,也更有趣些,教那些记者不至于窘着走开去。这也可以说是新的人情世故,这种新的人情世故也许比老的还要来得微妙些。

这个"不知道"的变化,有时只看得出一个"不"字。例如说,"未获得续到报告之前,不能讨论此事",其实就是"现在无可奉告"的意思。前年九月二十日,美国赫尔国务卿接见记者时,"某记者问,外传美国远东战队已奉令集中菲律宾之加维特之说是否属实。赫尔答称,'微君言,余固不知此事。'"从现在看,赫尔的话大概是真的,不过在当时似乎只是一句幽默的辞令,他的"不知"似乎只是策略而已。去年八月罗斯福总统和邱吉尔首相在大西洋上会晤,华盛顿六日国际社电——"海军当局宣称:当局接得总统所发波多马克号游艇来电,内称游艇现正沿海岸缓缓前进;电讯中并未提及总统将赴海上某地与英首相会晤。"这是一般的宣告,因为当时全世界都在关心这件事。但是宣告里只说了些闲话,紧要关头却用"电讯中并未提及"一句遮掩过去,跟没有说一样。还有,威尔基去年从英国回去,参议员克拉克问他,"威尔基先生,你在周游英伦时,英国希望美国派舰护送军备,你有些知道吗?"威尔基答道,"我想不起有人表示过这样的愿望。""想不起"比"不知道"活动得多;参议员不是新闻记者,威尔基不能不更婉转些,更谨慎些——可是结果也还是一个"无可奉告"。

这个不知道有时甚至会变成知道,不过知道的都是些似相干又似不相干的事儿,你摸不着头脑,还是一般无二。前年十月八日华盛顿国际社电,说罗斯福总统"恐亚洲局势因滇缅路重开而将发生突变","日来屡与空军作战部长史塔克，海军舰队总司令李却逊，及前海军作战部长现充国防顾问李海等三巨头会商。总统并于接见记者时称，彼等会谈时仅研究地图而已云云"。"仅研究地图而已"是答应了"知道"，但是这样轻描淡写的，还是"不知道"的比"知道"的多。去年五月，澳总理孟席尔到美国去，谒见罗斯福总统，"会谈一小时之久。后孟氏对记者称：吾人仅对数项事件，加以讨论，吾人实已经行地球一周，结果极令人振奋云。澳驻美公使加赛旋亦对记者称，澳总理与总统所商谈者为古今与将来之事件"。"经行地球一周""古今与将来之事件"，"知道"的圈儿越大，圈儿里"不知道"的就越多。

这个不知道还会变成"他知道"。去年八月二十七日华盛顿合众社电，说记者"问总统对于野村大使所谓日美政策之暌隔必须弥缝，有何感想。总统避不作答，仅谓现已有人以此事询诸赫尔国务卿矣"。已经有人去问赫尔国务卿，国务卿知道，总统就不必作答了。去年五月十六日华盛顿合众社电，说罗斯福总统今日接见记者，说"美国过去曾两次不宣而战，第一次系北非巴巴拉之海盗，曾于一八八三年企图封锁地中海上美国之航行。第二次美将派海军至印度，以保护美国商业，打击英、法、西之海盗。""记者询以'今日亦有巴巴拉海盗式之人物乎？'总统称，'请诸君自己判断可也。'""诸君自己判断"，你们自己知道，总统也就不必作答了。"他知道"或"你知道"，还用发言人的"我"说什么呢？这种种的变形，有些虽面目全非，细心吟味，却都从那一个不知道脱胎换骨，不过很微妙就是了。发言人临机应变，尽可层出不穷，但是百变不离其宗；这个不知道也算是神而明之的了。

> 你要光明，你自己去造！

离婚问题与将来的人生

离婚这个问题，在现时算是极急切，极重要了。欧洲的离婚案件，这十数年，有增无已；而在美国，近年来离婚之多，更是骇人听闻。因此，许多研究社会学的人，都集他们的视线于这个情形上，而努力探求它的来源，和它所影响于人类社会的好坏。这确是一个与人人有密切关系的问题，我们无论是否学社会学的人，都不能不费些脑力来谋一个解决。我平日对于这问题，虽不曾做过多少研究的功夫，然自问也觉得有些浅薄的感想，因此，我敢借《妇女杂志》的《离婚问题号》把我的意思写一些出来。

据我看来，离婚这桩事情，本来是背逆人生的情志的，我们最好能弄到社会上没有发生它的必要。感情浓富的人，对于一个要好过的朋友，都舍不得和他终于做出绝交的事情来，何况对于生过恋爱的伉俪呢。就意志方面讲来，在大家结婚的时候，也万万不肯先存一个离婚的希望。自然咧，这两句话，都是就恋爱的结婚说的，不以恋爱而结合的夫妇，当然不能用这些话来阻碍离婚的发生；然而现在的文明社会，男女不以恋爱而结合的，差不多只在中国——也许只在东方——是平常的现象罢了；

在欧美的社会，就不能说是普通的事情。那么，何以离婚的事情，又以美国为特多呢？美国男女的结合，可算是自由极了，大概十之八九是发动于恋爱的了，而离婚的事件偏以它那里为最多，这又是什么缘故呢？我想，这也是美国的文明太没有坚固的精神上的根柢，美国人的生活太偏于物质的一个结果，不是人类自然的性向。美国人的生活，据我们东方人的眼光看来，最是枯燥可怜的。他们人与人的结合，几乎完全是出于经济的关系，就是一家内的父子弟兄，能有感情上的结合的，已经是微乎其微；经济的关系完结了之后，便可随便相离弃。我虽不敢断言他们男女的结合，也尽出于经济的关系，然据我所知的，也就如此的居多了。即说他们结合的动机，不无些微恋爱的成分，然彼此绝无浓厚的感情，那是可断言的。因为他们自幼至长，本来就未曾和哪一个人有过浓挚的感情；他们的精神生命里，差不多已经没有了爱情这样东西；即有了，也不过是很稀薄的，不大容易维持的而已。虽然不免略受生理的恋爱时期的支配，然他们因种种经济上的关系，把这时期内的情爱冲动，竭力抑遏摧折它，使它不能充分地发展。我们从生理学家的研究，早知道男女的爱情，以发动于适合时期内的为最浓厚；若于这时期内爱情发动时，立即成了婚，那么，岁月的功力，只能将这浓烈的情感携带着往坚牢的方向走去。过了这适当的时期后，男女的情爱冲动，便一日日轻减了；若到了这个已就衰退的时候，才来结婚，那纵有相当的恋爱，也总不能维持长久。美国的少年，大都以未有相当的储金，或未得社会上相当的地位，故情愿自制其春情期的浓烈的情爱而延迟他们的婚事；女子一方面，也大都因择婿太苛，或不得人爱之故，而不及在适当的时期成婚，这也是很有关系的；年事高了，感情的冲动，不如从前那样热烈了，于是夫

你要光明，你自己去造！

妻之间，便时时发生不能互相体贴的情愫来；积成意见，直至互不相容，于是非离婚不可。我曾经问过许多久居美国的朋友，又在许多报纸，杂志，和影戏里，知道美国的离婚案件，常常发动于家庭间极细小，极不关重要的事情。由此可知美国人的夫妇间，感情的束缚是极少的，他们看夫妻的关系，极是平常，正和极不相关的同事一般，除了合过共同的生活外，别无其他可述处。这种眼光，是非常要不得的！在这种夫妻关系看来，所谓恋爱，只是求夫求妻的导火线；既成夫妻之后，这导火线也就自然而然地熄灭了。如此的夫妻，本来可合可离，因此，他们就是一年结婚一回，一年离婚一回，也就不算一回事。

这以上所说的，都只是题外的话，太说多了。我要说的，不是批评美国式的离婚，而是离婚的本身，到后来能否或应否存在。我有一句话要预先声明的，就是我现时说这些话时，还是以小家庭制度为本位的；至于小家庭制度之应否打破，又是别一个问题，我这里并不曾说道。据我的意思，离婚这件事不能消灭，不能说是社会上的好现象。我们结婚如果是出于真爱情的，非受他力的压逼，我们不应当有离婚这件事情。因为我不承认人与人的爱情是自然而然地日就衰退的。拿朋友来说，凡是交情深厚的，如果没有意外的事故来伤害彼此的情感，那么，彼此的交情，只有与日俱深。人类本来有一种结合的本能；这种本能是基于感情的，在这种本能甚盛的人，并且不容理知来侵犯他。无论怎么样孤癖冷静的人，也总爱交结几个相知相爱的朋友，来伴自己，来表同情于自己。大概人类所寻求的满足，以感情上的满足为最先，而感情上的满足，则得他人来表同情于自己，也是所求之一。夫妇之结合，虽然比朋友亲密些，狎习些，多一些互相触犯的机会，也较朋友容易些生出熟习的厌倦来，然而真以恋爱结合的夫妻，则投入自己的世界，又较朋友更深切；表于自己的同情，也较朋友更浓厚，因此，更容易生出互相体贴原谅的心事来。虽然说恋爱是一种冲动，终不免随日递减其热度，然但使恋爱的根基起初是筑于很坚牢的精神生命上的，那么，结合之后，彼此共度的生活，也何尝不能以共同的兴味来维系相怜相爱的感情呢？就个人的情感看来，没有能不受回忆的感动的；经过旧游的地方，遇见久别的友人，翻检幼时所读的旧书，除了感情极冷淡的人外，总不免感觉着说不出的滋味，而对于那地方，那友人，那旧书生出倍相怜爱的感情来。对于相配偶的人，又何能无此感动。我想，因小故而离婚的人，他日见了这相离的配偶，一定很感觉着这种滋味，而不免大家后悔起来啊！

　　现时大家都以离婚为社会上应有的事，这大概出于现时大众的眼光太把婚姻看成法律上或社会上的事实了。其实这是大错的；婚姻的事情，必要把它推重些，必要把它看作有更深的意义——而其实它是具有更深的意义的。所谓更深的意义，就是：除了个人生理的动机而外，还有感情上的动机，使男女之结合，常含有各个人必觅一个异性人来营共同生活的要求；这个要求，不会得到暂时的满足便算罢了的。本来男女的结合，不仅是为育儿女，图性交而已；现时的社会学家，却必把这桩事情说得除这种较低的动机外，别无高尚的、坚稳的感情上的动机；彼此的结合，既然仅仅是社会上、法律上的一种寻常的现象，于是乎一离一合，都成了无关重要的，不能深深地震荡及精神生命的事情：又何怪离婚者增多呢。现在的人生，太过枯酷虚空了；我们日常的生活，几乎没有一点超越于人生以外的解慰品。长此以往，人类实在靠不住不自文明而返于野蛮；离婚不过是这种社会的自然的现象之一。我们现在所要努力的，不是要

你要光明，你自己去造！

再造活泼有情味的人生么？现时的文明，说不定几年几十年之内，就要崩溃破裂，不能残存，到了那时，人生万事，都已换过了很稳固很高尚的动机，而事事必根据于理性与感情的基础上。这个世界，本来不一定是枯酷惨戚的；我们靠着自己的气力，尽可以弄到它丰华活泼，使人生尽量地得到慰安，尽量地得机会来发挥人类情爱上的本能，来制造人类的生趣。到这时候，恐怕大家只劳神苦思于结婚的条件上，而离婚这个事情，即不能消除净尽，恐怕也只是极少数的例外事情，不复能成一个问题了！这些都是我就人生的本性和现在的情形推测后来的话，也许这种推测是错的；然而据我的眼光看来，如果现在大家不向着迷误的路途走去，必有一日走到我刚才所说的路途来。至于这条路比之无家庭主义那条路，谁好谁坏，又是别一个问题，我也不往下说了。

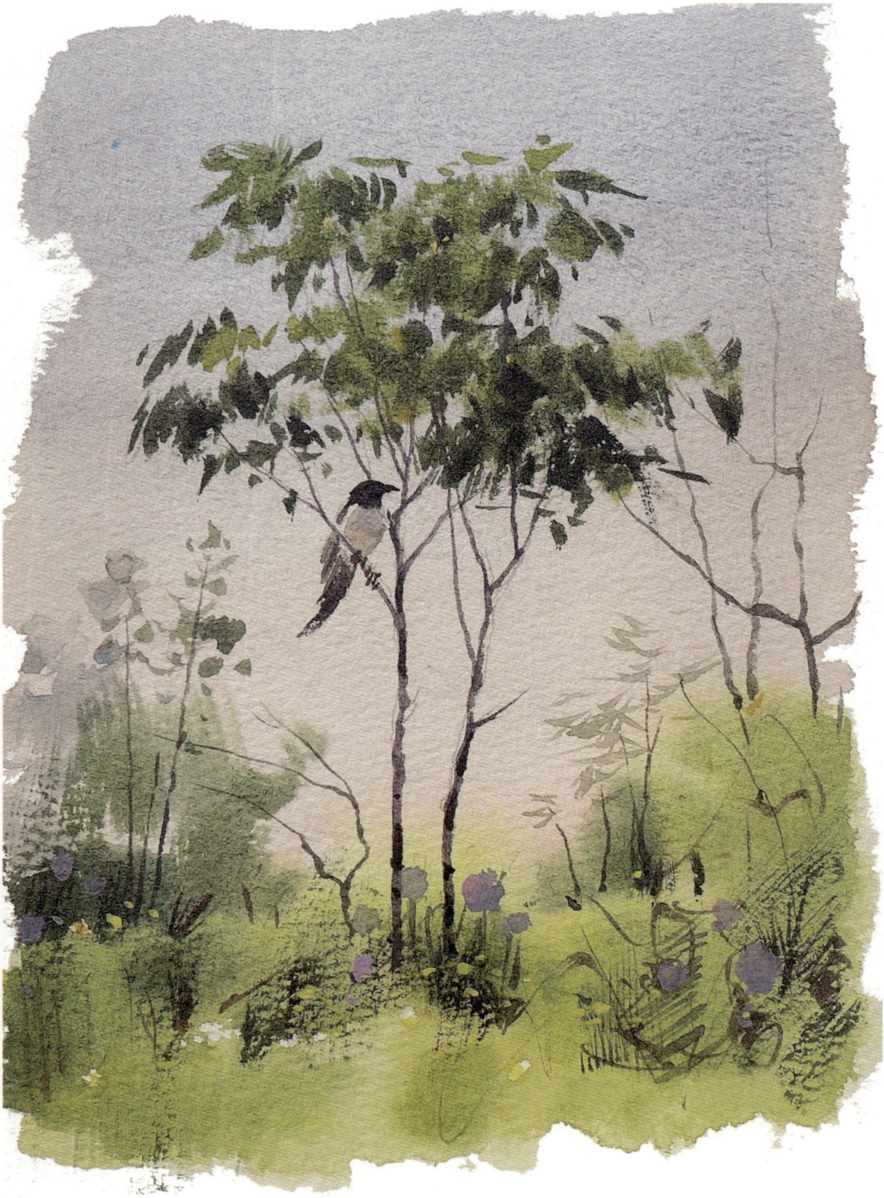

你要光明，你自己去造！

父母的责任

在很古的时候，做父母的对于子女，是不知道有什么责任的。那时的父母以为生育这件事是一种魔术，由于精灵的作用；而不知却是他们自己的力量。所以那时实是连"父母"的观念也很模糊的；更不用说什么责任了！（哈蒲浩司曾说过这样的话）他们待遇子女的态度和方法，推想起来，不外根据于天然的爱和传统的迷信这两种基础；没有自觉的标准，是可以断言的。后来人知进步，精灵崇拜的思想，慢慢地消除了；一般做父母的便明白子女只是性交的结果，并无神怪可言。但子女对父母的关系如何呢？父母对子女的责任如何呢？那些当仁不让的父母便渐渐地有了种种主张了。且只就中国论，从孟子时候直到现在，所谓正统的思想，大概是这样说的：儿子是延续宗祀的，便是儿子为父母，父母的父母……而生存。父母要教养儿子成人，成为肖子——小之要能挣钱养家，大之要能荣宗耀祖。但在现在，第二个条件似乎更加重要了。另有给儿子娶妻，也是父母重大的责任——不是对于儿子的责任，是对于他们的先人和他们自己的责任；因为娶媳妇的第一目的，便是延续宗祀！至于女儿，大家都不重视，甚至厌恶的也有。卖她为妓，为妾，为婢，寄养她于别人家，作为别人家的女儿；送她到育婴堂里，都是寻常而不要紧的事；至于看她作"赔钱货"，那是更普通了！在这样情势之下，父母对于女儿，几无责任可言！普通只是生了便养着；大了跟着母亲学些针黹，家事，等着嫁人。这些都没有一定的责任，都只由父母"随意为之"。只有嫁人，父母却要负些责任，但也颇轻微的。在这些时候，父母对儿子总算有了显明的责任，对女儿也算有了些责任。但都是从子女出生后起算的。至于出生前的责任，却是没有，大家似乎也不曾想到——向他们说起，只怕还要吃惊哩！在他们模糊的心里，大约只有"生儿子""多生儿子"两件，是在子女出生前希望的——却不是责任。虽然那些已过三十岁而没有生儿子的人，便去纳妾，吃补药，千方百计地想生儿子，但究竟也不能算是责任。所以这些做父母的生育子女，只是糊里糊涂给了他们一条生命！因此，无论何人，都有任意生育子女的权利。

近代生物科学及人生科学的发展，使"人的研究"日益精进。"人的责任"的见解，因而起了多少的变化，对于"父母的责任"的见解，更有重大的改正。从生物科学里，我们知道子女非为父母而生存；反之，父母却大部分是为子女而生存！与其说"延续宗祀"，不如说"延续生命"。和"延续生命"的天然的要求相关联的，又有"扩大或发展生命"的要求，这却从前被习俗或礼教埋没了的，于今又抬起头来了。所以，现在的父母不应再将子女硬安在自己的型里，叫他们做"肖子"，应该让他们有充足的力量，去自由发展，成功超越自己的人！至于子与女的应受平等待遇，由性的研究的人生科学所说明，以及现实生活所昭示，更其是显然了。这时的父母负了新科学所指定的责任，便不能像从前的随便。他们得知生育子女一面虽是个人的权利，一面更为重要的，却又是社会的

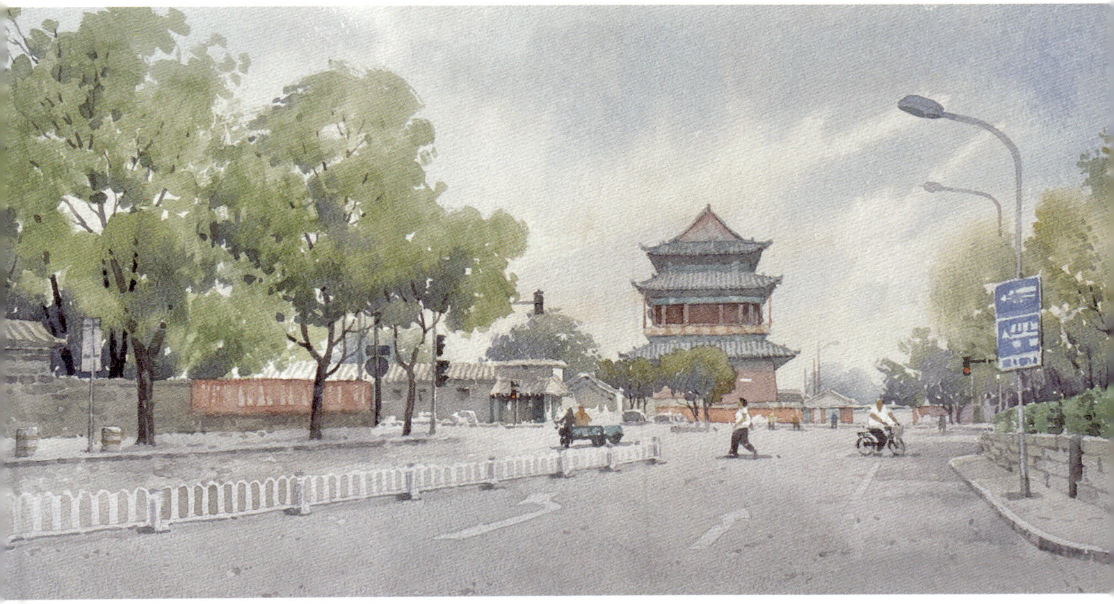

服务，因而对于生育的事，以及相随的教养的事，便当负着社会的责任；不应该将子女只看作自己的后嗣而教养他们，应该将他们看作社会的后一代而教养他们！这样，女儿随意怎样待遇都可，和为家族与自己的利益而教养儿子的事，都该被抗议了。这种见解成为风气以后，将形成一种新道德："做父母是'人的'最高尚、最神圣的义务和权利，又是最重大的服务社会的机会！"因此，做父母便不是一件轻率的、容易的事；人们在做父母以前，便不得不将自己的能力忖量一番了。那些没有父母的能力而贸然做了父母，以致生出或养成身体上或心思上不健全的子女的，便将受社会与良心的制裁了。在这样社会里，子女们便都有福了。只是，惭愧说的，现在这种新道德还只是理想的境界！

依我们的标准看，在目下的社会里——特别注重中国的社会里，几乎没有负责任的父母！或者说，父母几乎没有责任！花柳病者，酒精中毒者，疯人，白痴都可公然结婚，生育子女！虽然也有人慨叹于他们的子女从他们接受的遗传的缺陷，但却从没有人抗议他们的生育的权利！因之，残疾的、变态的人便无减少的希望了！穷到衣食不能自用的人，却可生出许多子女；宁可让他们忍冻挨饿，甚至将他们送给人，卖给人，却从不怀疑自己的权利！也没有别人怀疑他们的权利！因之，流离失所的，和无教无养的儿童多了！这便决定了我们后一代的悲惨的命运！这正是一般做父母的不曾负着生育之社会的责任的结果。也便是社会对于生育这件事放任的结果。所以我们以为为了社会，生育是不应该自由的；至少这种自由是应该加以限制的！不独精神，身体上有缺陷的，和无养育子女的经济的能力的应该受限制；便是那些不能教育子女，乃至不能按着子女自己所需要和后一代社会所需要而教育他们的，也当受一种道德的制裁。——教他们自己制裁，自觉地不生育，或节制生育。现在有许多富家和小资产阶级的孩子，或因父母溺爱，或因父母事务忙碌，不能有充分的受良好教育的机会，致不能养成适应将来的健全的人格；有些还要受些祖传老店"子曰铺"里的印板教育，那就格外不会有新鲜活泼的进取精神了！在子女多的家庭里，父母照料更不能周全，便更易有这些倾向！这种生育的流弊，虽没有前面两种的厉害，但足以为"进步"的重大的阻力，则是同的！并且这种流弊很通行，——试看你的朋友，你的亲戚，你的家族里的孩子，乃至你自己的孩子之中，有哪个真能"自遂其生"的！你将也为他们的——也可说我们的——运命担忧着吧。——所以更值得注意。

现在生活程度渐渐高了，在小资产阶级里，教养一个子女的费用，足以使家庭的安乐缩小，子女的数和安乐的量恰成反比例这件事，是很显然了。那些贫穷的人也觉得子女是一种重大的压迫了。其实这些情形从前也都存在，只没有现在这样叫人感着罢了。在小资产阶级里，新兴的知识阶级最能锐敏感到这种痛苦。可是大家虽然感着，却又觉得生育的事是"自然"所支配，非人力所能及，便只有让命运去决定了。直到近两年，生物学的知识，尤其是优生学的知识，渐渐普及于一般知识阶级，于是他们知道不健全的生育是人力可以限制的了。去年山顺夫人来华，传播节育的理论与方法，影响特别的大；从此便知道不独不健全的生育可以限制，便是健全的生育，只要当事人不愿意，也可自由限制的了。于是对于子女的事，比较出生后，更其注重出生前了；于是父母在子女的出生前，也有显明的责任了。父母对于生育的事，既有自由权利，则生出不健全的子女，或生出子女而不能教养，便都是他们的过失。他们应该受良心的责备，受社会的非难！而且看"做父母"为重大的社会服务，从社会的立场估计时，父母在子女出生前的责任，似乎比子女出生后的责任反要大哩！以上这些见解，目下虽还不能成为风气，但确已有了肥嫩的萌芽至少在知识阶级里。我希望知识阶级的努力，一面实行示范，一面尽量将这些理论和方法宣传，到最僻远的地方里，到最下层的社会里；等到父母们不但"知道"自己背上"有"这些责任，并且"愿意"自己背上"负"这些责任，那时基于优生学和节育论的新道德便成立了。这是我们子孙的福音！

在最近的将来里，我希望社会对于生育的事有两种自觉的制裁：一，道德的制裁，二，法律的制裁。身心有缺陷者，如前举花柳病者等，该用法律去禁止他们生育的权利，便是法律的制裁。这在美国已有八州施行了。但施行这种制裁，必须具备几个条件，才能有效。一要医术发达，并且能得社会的信赖；二要户籍登记的详确（如遗传性等，都该载入）；三要举行公众卫生的检查；四要有公正有力的政府；五要社会的宽容。这五种在现在的中国，一时都还不能做到，所以法律的制裁便暂难实现；我们只好从各方面努力罢了。但禁止"做父母"的事，虽然还不可能，劝止"做父母"的事，却是随时随地可以作的。教人知道父母的责任，教人知道现在的做父母应该是自由选择的结果，——就是人们于生育的事，可以自由去取——教人知道不负责及不能负责的父母是怎样不合理，怎样损害社会，怎样可耻！这都是爱作就可以作的。这样给人一种新道德的标准去自己制裁，便是社会的道德的制裁的出发点了。

所以道德的制裁，在现在便可直接去着手建设的。并且在这方面努力的效果，也容易见些。况不适当的生育当中，除那不健全的生育一项，

> 你要光明，你自己去造！

将来可以用法律制裁外，其余几种似也非法律之力所能及，便非全靠道德去制裁不可。因为，道德的制裁的事，不但容易着手，见效，而且是更为重要；我们的努力自然便该特别注重这一方向了！

　　不健全的生育，在将来虽可用法律制裁，但法律之力，有时而穷，仍非靠道德辅助不可；况法律的施行，有赖于社会的宽容，而社会宽容的基础，仍必筑于道德之上。所以不健全的生育，也需着道德的制裁；在现在法律的制裁未实现的时候，尤其是这样！花柳病者，酒精中毒者……我们希望他们自己觉得身体的缺陷，自己忏悔自己的罪孽；便借着忏悔的力量，决定不将罪孽传及子孙，以加重自己的过恶！这便自己剥夺或停止了自己做父母的权利。但这种自觉是很难的。所以我们更希望他们的家族，亲友，时时提醒他们，监视他们，使他们警觉！关于疯人，白痴，则简直全无自觉可言；那是只有靠着他们保护人，家族，亲友的处置了。在这种情形里，我们希望这些保护人等能明白生育之社会的责任及他们对于后一代应有的责任，而知所戒惧，断然剥夺或停止那有缺陷的被保护者的做父母的权利！这几类人最好是不结婚或和异性隔离；至少也当用节育的方法使他们不育！至于说到那些穷到连"养育"子女也不能的，我们教他们不滥育，是很容易得他们的同情的。只需教给他们最简便省钱的节育的方法，并常常向他们恳切地说明和劝导，他们便会斩渐地相信，奉行的。但在这种情形里，教他们相信我们的方法这过程，要比较难些；因为这与他们信自然与命运的思想冲突，又与传统的多子孙的思想冲突——他们将觉得这是一种罪恶，如旧日的打胎一样；并将疑惑这或者是洋人的诡计，要从他们的身体里取出什么的！但是传统的思想，在他们究竟还不是固执的，魔术的怀疑因了宣传方法的巧妙和时日的长久，也可望减缩的；而经济的压迫究竟是眼前不可避免的实际的压迫，他们难以抵抗的！所以只要宣传的得法，他们是容易渐渐地相信，奉行的。只有那些富家——官僚或商人——和有些小资产阶级，这道德的制裁的思想是极难侵入的！他们有相当的经济的能力，有固执的传统的思想，他们是不会也不愿知道生育是该受限制的；他们不知道什么是不适当的生育！他们只在自然地生育子女，以传统的态度与方法待遇他们，结果是将他们装在自己的型里，作自己的牺牲！这样尽量摧残了儿童的个性

与精神生命的发展,却反以为尽了父母的责任!这种误解责任较不明责任实在还要坏;因为不明的还容易纳入忠告,而误解的则往往自以为是,拘执不肯更变。这种人实在也不配做父母!因为他们并不能负真正的责任。我们对于这些人,虽觉得很不容易使他们相信我们,但总得尽我们的力量使他们能知道些生物进化和社会进化的道理,使他们能以儿童为本位,能"理解他们,指导他们,解放他们";这样改良从前一切不适当的教养方法。并且要使他们能有这样决心:在他们觉得不能负这种适当的教养的责任,或者不愿负这种责任时,更应该断然采取节育的办法,不再因循,致误人误己。这种宣传的事业,自然当由新兴的知识阶级担负;新兴的知识阶级虽可说也属于小资产阶级里,但关于生育这件事,他们特别感到重大的压迫,因有了彻底的了解,觉醒的态度,便与同阶级的其余部分不同了。

  但是还有一个问题留着:现存的由各种不适当的生育而来的子女们,他们的父母将怎样为他们负责呢?我以为花柳病者等一类人的子女,只好任凭自然先生去下辣手,只不许谬种再得流传便了。贫家子女父母无力教养的,由社会设法尽量收容他们,如多设贫儿院等。但社会收容之力究竟有限的,大部分只怕还是要任凭自然先生去处置的!这是很悲惨的事,但经济组织一时既还不能改变,又有什么法儿呢?我们只好"尽其在人"罢了。至于那些以长者为本位而教养儿童的,我们希望他们能够改良,前节已说过了。还有新兴的知识阶级里现在有一种不愿生育子女们的倾向;他们对于从前不留意而生育的子女,常觉得冷淡,甚至厌恶,因而不愿为他们尽力。在这里,我要明白指出,生物进化,生命发展的最重要的原则,是前一代牺牲于后一代,牺牲是进步的一个阶梯!愿他们——其实我也在内——为了后一代的发展,而牺牲相当的精力于子女的教养;愿他们以极大的忍耐,为子女们将来的生命筑坚实的基础,愿他们牢记自己的幸福,同时也不要忘了子女们的幸福!这是很要些涵养工夫的。总之,父母的责任在使子女们得着好的生活,并且比自己的生活好的生活;一面也使社会上得着些健全的、优良的、适于生存的分子;是不能随意的。

为使社会上适于生存的日多,不适于生存的日少,我们便重估了父母的责任:

父母不是无责任的。

父母的责任不应以长者为本位,以家族为本位;应以幼者为本位,社会为本位。

我们希望社会上父母都负责任;没有不负责任的父母!"做父母是人的最高尚、最神圣的义务和权利,又是最重大的服务社会的机会",这是生物学、社会学所指给的新道德。

既然父母的责任由不明了到明了是可能的,则由不正确到正确也未必是不可能的;新道德的成立,总在我们的努力,比较父母对子女的责任尤其重大的,这是我们对一切幼者的责任!努力努力!

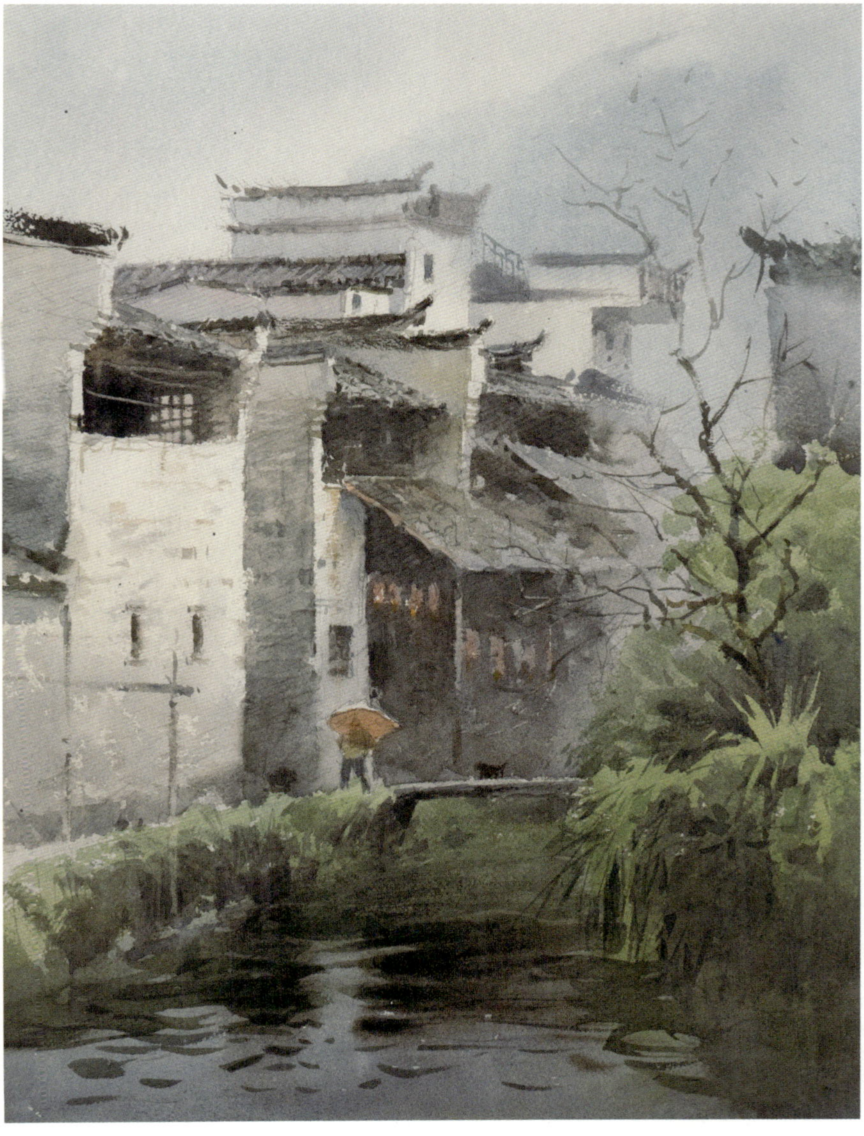

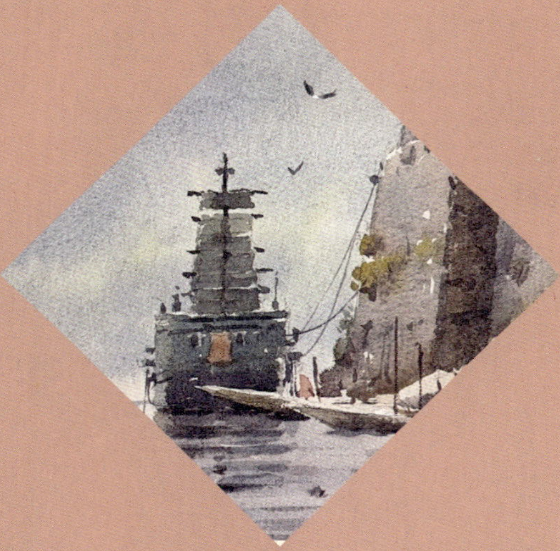

西行记

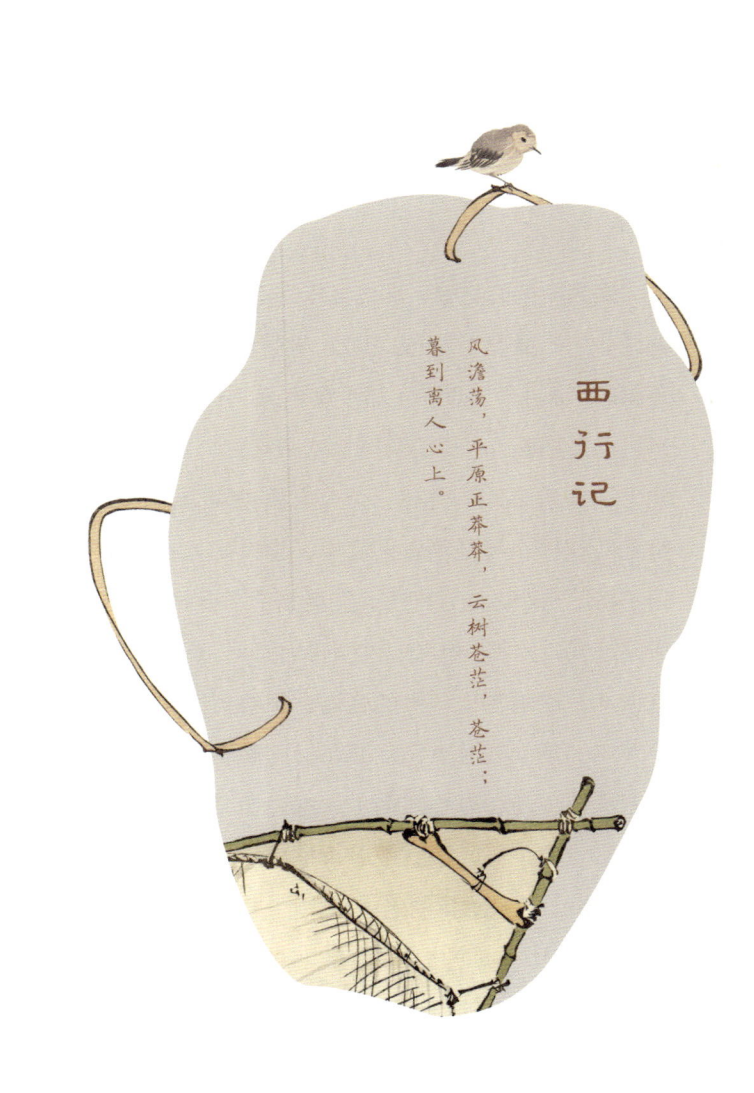

风澹荡，平原正莽莽，云树苍茫，苍茫，慕到离人心上。

吃的

提到欧洲的吃喝，谁总会想到巴黎，伦敦是算不上的。不用说别的，就说煎山药蛋吧。法国的切成小骨牌块儿，黄澄澄的，油汪汪的，香喷喷的；英国的"条儿"（chips）却半黄半黑，不冷不热，干干儿的什么味也没有，只可以当饱罢了。再说英国饭吃来吃去，主菜无非是煎炸牛肉排羊排骨，配上两样素菜；记得在一个人家住过四个月，只吃过一回煎小牛肝儿，算是新花样。可是菜做得简单，也有好处；材料坏容易见出，像大陆上厨子将坏东西做成好样子，在英国是不会的。大约他们自己也觉着腻味，所以一九二六那一年有一位华衣脱女士（E. White）组织了一个英国民间烹调社，搜求各市各乡的食谱，想给英国菜换点儿花样，让它好吃些。一九三一年十二月烹调社开了一回晚餐会，从十八世纪以来的食谱中选了五样菜（汤和点心在内），据说是又好吃，又不费事。这时候正是英国的国货年，所以报纸上颇为揄扬一番。可是，现在欧洲的风气，吃饭要少要快，那些陈年的老古董，怕总有些不合时宜吧。

吃饭要快，为的忙，欧洲人不能像咱们那样慢条斯理儿的，大家知道。干吗要少呢？为的卫生，固然不错，还有别的：女的男的都怕胖。女的怕胖，胖了难看；男的也爱那股标劲儿，要像个运动家。这个自然说的是中年人少年人；老头子挺着个大肚子的却有的是。欧洲人一日三餐，分量颇不一样。像德国，早晨只有咖啡面包，晚间常冷食，只有午饭重些。法国早晨是咖啡，月牙饼，午饭晚饭似乎一般分量。英国却早晚饭并重，午饭轻些。英国讲究早饭，和我国成都等处一样。有麦粥，火腿蛋，面包，茶，有时还有熏咸鱼，果子。午饭顶简单的，可以只吃一块烤面包，一杯咖啡；有些小饭店里出卖午饭盒子，是些冷鱼冷肉之类，却没有卖晚饭盒子的。

伦敦头等饭店总是法国菜，二等的有意大利菜，法国菜，瑞士菜之分；旧城馆子和茶饭店等才是本国味道。茶饭店与煎炸店其实都是小饭店的别称。茶饭店的"饭"原指的午饭，可是卖的东西并不简单，吃晚饭满成；煎炸店除了煎炸牛肉排羊排骨之外，也卖别的。头等饭店没去过，意大利的馆子却去过两家。一家在牛津街，规模很不小，晚饭时有女杂耍和跳舞。只记得那回第一道菜是生蚝之类；一种特制的盘子，边上围着七八个圆格子，每格放半个生蚝，吃起来很雅相。另一家在由斯敦路，也是个热闹地方。这家却小小的，通心细粉做得最好；将粉切成半分来长的小圈儿，用黄油煎熟了，平铺在盘儿里，撒上干酪（计司）粉，轻松鲜美，妙不可言。还有炸"搦气蚝"，鲜嫩清香，蝤蛑，瑶柱，都不能及；只有宁波的蚝黄仿佛近之。

茶饭店便宜的有三家：拉衣恩司（Lyons），快车奶房，ABC面包房。每家都开了许多店子，遍布市内外；ABC比较少些，也贵些，拉衣恩司最多。快车奶房炸小牛肉小牛肝和红烧鸭块都还可口；他们烧鸭块用木炭火，所以颇有中国风味。ABC炸牛肝也可吃，但火急肝老，总差点儿事；点心烤得却好，有几件比得上北平法国面包房。拉衣恩司似乎没什么出色的东西；但他家有两处"角店"，都在闹市转角处，那里却有好吃的。角店一是上下两大间，一是三层三大间，都可容一千五百人左右；晚上有乐队奏乐。一进去只见黑压压地坐满了人，过道处窄得可以，但是气象颇为阔大（有个英国学生讥为"穷人的宫殿"，也许不错）；在那里往往找了半天站了半天才等着空位子。这三家所有的店子都用女侍者，只有两处角店里却用了些男侍者——男侍者工钱贵些。男女侍者都穿了黑制服，女的更戴上白帽子，分层招待客人。也只有在角店里才要给点小费（虽然门上标明"无小费"字样），别处这三家开的铺子里都不用给的。曾去过一处角店，烤鸡做得还入味；但是一只鸡腿就合中国一元五角，若吃鸡翅还要贵点儿。茶饭店有时备着骨牌等等，供客人消遣，可是向侍者要了玩的极少；客人多的地方，老是有人等位子，干脆就用不着备了。此外还有一些生蚝店，专吃生蚝，不便宜；一位房东太太告诉我说"不卫生"，但是吃的人也不见少。吃生蚝却不宜在夏天，所以英国人说月名中没有"R"（五六七八月），生蚝就不当令了。伦敦中国饭店也有七八家，贵贱差得很大，看地方而定。菜虽也有些高低，可都是变相的广东味儿，远不如上海新雅好。在一家广东楼要过一碗鸡肉馄饨，合中国一元六角，也够贵了。

　　茶饭店里可以吃到一种甜烧饼（muffin）和窝儿饼（crumpet）。甜烧饼仿佛我们的火烧，但是没馅儿，软软的，略有甜味，好像掺了米粉做的。窝儿饼面上有好些小窝窝儿，像蜂房，比较薄，也像掺了米粉。这两样大约都是法国来的；但甜烧饼来的早，至少二百年前就有了。厨师多住在祝来巷（Drury Lane），就是那著名的戏园子的地方；从前用盘子顶在头上卖，手里摇着铃子。那时节人家都爱吃，买了来，多多抹上黄油，在客厅或饭厅壁炉上烤得热辣辣的，让油都浸进去，一口咬下来，要不沾到两边口角上。这种偷闲的生活是很有意思的。但是后来的窝儿饼浸油更容易，更香，又不太厚，太软，有咬嚼些，样式也颇俏；人们渐渐地喜欢它，就少买那甜烧饼了。一位女士看了这种光景，心下难过；便写信给《泰晤士报》，为甜烧饼抱不平。《泰晤士报》特地做了一篇小社论，劝人吃甜烧饼以存古风；但对于那位女士所说的窝儿饼的坏话，却宁愿存而不论，大约那论者也是爱吃窝儿饼的。

复活节（三月）时候，人家吃煎饼（pancake），茶饭店里也卖；这原是忏悔节（二月底）忏悔人晚饭后去教堂之前吃了好熬饿的，现在却在早晨吃了。饼薄而脆，微甜。北平中原公司卖的"胖开克"（煎饼的音译）却未免太"胖"，而且软了。说到煎饼，想起一件事来：美国麻省勃克夏地方（Berkshire Country）有"吃煎饼竞争"的风俗，据《泰晤士报》说，一九三二的优胜者一气吃下四十二张饼，还有腊肠热咖啡。这可算"真正大肚皮"了。

英国人每日下午四时半左右要喝一回茶，就着烤面包黄油。请茶会时，自然还有别的，如火腿夹面包，生豌豆苗夹面包，茶馒头（tea scone）等等。他们很看重下午茶，几乎必不可少。又可乘此请客，比请晚饭简便省钱得多。英国人喜欢喝茶，对于喝咖啡，和法国人相反；他们也煮不好咖啡。喝的茶现在多半是印度茶；茶饭店里虽卖中国茶，但是主顾寥寥。不让利权外溢固然也有关系，可是不利于中国茶的宣传（如说制时不干净）和茶味太淡才是主要原因。印度茶色浓味苦，加上牛奶和糖正合适；中国红茶不够劲儿，可是香气好。奇怪的是茶饭店里卖的，色香味都淡得没影子。那样茶怎么会运出去，真莫名其妙。

街上偶然会碰着提着筐子卖落花生的（巴黎也有），推着四轮车卖炒栗子的，教人有故国之思。花生栗子都装好一小口袋一小口袋的，栗子车上有炭炉子，一面炒，一面装，一面卖。这些小本经纪在伦敦街上也颇古色古香，点缀一气。栗子是干炒，与我们"糖炒"的差得太多了。英国人吃饭时也有干果，如核桃，榛子，榧子，还有巴西乌菱（原名Brazils，巴西出产，中国通称"美国乌菱"），乌菱实大而肥，香脆爽口，运到中国的太干，便不大好。他们专有一种干果夹，像钳子，将干果夹进去，使劲一握夹子柄，"咯"的一声，皮壳碎裂，有些蹦到远处，也好玩儿的。苏州有瓜子夹，像剪刀，却只透着玲珑小巧，用不上劲儿去。

博物院

伦敦的博物院带画院，只拣大的说，足足有十个之多。在巴黎和柏林，并不"觉得"博物院有这么多似的。柏林的本来少些；巴黎的不但不少，还要多些，但除卢佛宫外，都不大。最要紧的，伦敦各院陈列得有条有理的，又疏朗，房屋又亮，得看；不像卢佛宫，东西那么挤，屋子那么黑，老教人喘不出气。可是，伦敦虽然得看，说起来也还是千头万绪；真只好拣大的说罢了。

先看西南角。维多利亚亚伯特院最为堂皇富丽。这是个美术博物院，所收藏的都是美术史材料，而装饰用的工艺品尤多，东方的西方的都有。漆器，瓷器，家具，织物，服装，书籍装订，道地五光十色。这里颇有中国东西。漆器瓷器玉器不用说，壁画佛像，罗汉木像，还有乾隆宝座也都见于该院的《东方百珍图录》里。图录里还有明朝李麟（原作 Li Ling，疑系此人）画的《波罗球戏图》；波罗球骑着马打，是唐朝从西域传来的。中国现在似乎没存着这种画。院中卖石膏像，有些真大。

自然史院是从不列颠博物院分出来的。这里才真古色古香，也才真"巨大"。看了各种史前人的模型，只觉得远烟似的时代，无从凭吊，无从怀想——满够不上份儿。中生代大爬虫的骨架，昂然站在屋顶下，人还够不上它们一条腿那么长，不用提"项背"了。现代鲸鱼的标本虽然也够大的，但没腿，在陆居的我们眼中就差多了。这里有夜莺，自然是死的，那样子似乎也并不特别秀气；嗓子可真脆真圆，我在话匣片里听来着。

欧战院成立不过十来年。大战各方面，可以从这里略见一斑。这里有模型，有透视画（dioramas），有照相，有电影机，有枪炮等等。但最多的还是画。大战当年，英国情报部雇用一群少年画家，教他们搁下自己的工作，大规模地画战事画，以供宣传，并作为历史记录。后来少年画家不够用，连老画家也用上了。那时情报部常常给这些画家开展览会，个人的或合伙的。欧战院的画便是那些展览作品的一部分。少年画家大约都是些立体派，和老画家的浪漫作风迥乎不同。这些画家都透视了战争，但他们所成就的却只是历史记录，艺术是没有什么的。

现在该到西头来，看人所熟知的不列颠博物院了。考古学的收藏，名人文件，抄本和印本书籍，都数一数二；顾恺之《女史箴》卷子和敦煌卷子便在此院中。瓷器也不少，中国的，土耳其的，欧洲各国的都有；中国的不用说，土耳其的青花，浑厚朴拙，比欧洲金的蓝的或刻镂的好。考古学方面，埃及王拉米塞斯第二（约公元前1250）巨大的花岗石像，几乎有自然史院大爬虫那么高，足为我们扬眉吐气；也有坐像。坐立像都僵直而四方，大有虽地动山摇不倒之势。这些像的石质尺寸和形状，表示统治者永久的超人的权力。还有贝叶的《死者的书》，用象形字和俗字两体写成。罗塞他石，用埃及两体字和希腊文刻着诏书一通（公元前195），一七九八年出土；从这块石头上，学者比对希腊文，才读通了埃及文字。

希腊巴昔农庙（Parthenon）各件雕刻，是该院最足以自豪的。这个庙在雅典，奉祀女神雅典巴昔奴；配利克里斯（Pericles）时代，教成千带万的艺术家，用最美的大理石，重建起来，总其事的是配氏的好友兼顾问，著名雕刻家费迪亚斯（Phidias）。那时物阜民丰，费了二十年工夫，到了公元前四三五年，才造成。庙是长方形，有门无窗；或单行或双行的石柱围绕着，像女神的马队一般。短的两头，柱上承着三角形的楣；这上面都雕着像。庙墙外上部，是著名的刻壁。庙在一六八七年让威尼斯人炸毁了一部分；一八○一年，爱而近伯爵从雅典人手里将三角楣上的像，刻壁，和些别的买回英国，费了七万镑，约合百多万元；后来转卖给这博物院，却只要一半价钱。院中特设了一间爱而近室陈列那些艺术品，并参考巴黎国家图书馆所藏的巴昔农庙诸图，做成庙的模型，巍巍然立在石山上。

希腊雕像与埃及大不相同，绝无僵直和紧张的样子。那些艺术家比较自由，得以研究人体的比例；骨架，肌理，皮肉，他们都懂得清楚，而且有本事表现出来。又能抓住要点，使全体和谐不乱。无论坐像立像，都自然，庄严，造成希腊艺术的特色：清明而有力。当时运动竞技极发达；艺术家雕神像，常以得奖的人为"模特儿"，赤裸裸的身体里充满了活动与力量。可是究竟是神像；所以不能是如实的人像而只是理想的人像。这时代所缺少的是热情，幻想；那要等后世艺人去发展了。庙的东楣上运命女神三姊妹像，头已经失去了，可是那衣褶如水的轻妙，衣褶下身体的充盈，也从繁复的光影中显现，几乎不相信是石人。那刻壁浮雕着女神节贵家少女献衣的行列。少女们穿着长袍，庄严的衣褶，和运命女神的又不一样，手里各自拿着些东西；后面跟着成队的老人，妇女，雄赳赳的骑士,还有带祭品的人,齐向诸神而进。诸神清明彻骨,在等待着这一行人众。这刻壁上那么多人,却不繁杂,不零散,打成一片,布局时必然煞费苦心。而细看诸少女诸骑士,也各有精神,决不一律;其间刀锋或深或浅,光影大异。少壮的骑士更像生龙活虎,千载如见。

院中所藏名人的文件太多了。像莎士比亚押房契,密尔顿出卖《失乐园》合同(这合同是书记代签,不出密氏亲笔),巴格来夫(Palgrave)《金库集》稿,格雷《挽歌》稿,哈代《苔丝》稿,达文齐,密凯安杰罗的手册,还有维多利亚后四岁时铅笔签字,都亲切有味。至于荷马史诗的贝叶,公元一世纪所写,在埃及发见的,以及九世纪时希伯来文《旧约圣经》残页,据说也许是世界上最古《圣经》抄本的,却真令人悠然遐想。还有,二世纪时,罗马舰队一官员,向兵丁买了一个七岁的东方小儿为奴,立了一张贝叶契,上端盖着泥印七颗;和英国大宪章的原本,很可比着看。院里藏的中古抄本也不少;那时欧洲僧侣非常闲,日以抄书为事;字用峨特体,多棱角,精工是不用说的。他们最考究字头和插画,必然细心勾勒着上鲜丽的颜色,蓝和金用得多些;颜色也选得精,至今不变。某抄本有岁历图,二幅,画十二月风俗,细致风华,极为少见。每幅下另有一栏,画种种游戏,人物短小,却也滑稽可喜。画目如下:正月,析薪;二月,炬舞;三月,种花,伐木;四月,情人园会;五月,荡舟;六月,比武;七月,行猎,刘麦;八月,获稻;九月,酿酒;十月,耕种;十一月,猎归;十二月,屠豕。抄本和印本书籍之多,世界上只有巴黎国家图书馆可与这博物院相比;此处印本共三百二十万余册。有穹隆顶的大阅览室,圆形,室中桌子的安排,好像车轮的辐,可坐四百八十五人;管理员高踞在毂中。

次看画院。国家画院在西中区闹市口，匹对着特拉伐加方场一百八十四英尺高的纳尔逊石柱子。院中的画不算很多，可是足以代表欧洲画史上的各派，他们自诩，在这一方面，世界上哪儿也及不上这里。最完全的是意大利十五六世纪的作品，特别是佛罗伦司派，大约除了意大利本国，便得上这儿来了。画按派别排列，可也按着时代。但是要看英国美术，此地不成，得上南边儿泰特（Tate）画院去。那画院在泰晤士河边上；一九二八年水上了岸，给浸坏了特耐尔（Joseph Mallord William Turner，1775—1851）好多画，最可惜。特耐尔是十九世纪英国最大的风景画家，也是印象派的先锋。他是个穷苦的孩子，小时候住在菜市旁的陋巷里，常只在泰晤士河的码头和驳船上玩儿。他对于泰晤士河太熟了，所以后来爱画船，画水，画太阳光。再后来他费了二十多年工夫专研究光影和色彩，轮廓与内容差不多全不管；这便做了印象派的前驱了。他画过一幅《日出：湾头堡子》，那堡子淡得只见影儿，左手一行树，也只有树的意思罢了；可是，瞧，那金黄的朝阳的光，顺着树水似的流过去，你只觉着温暖，只觉着柔和，在你的身上，那光却又像一片海，满处都是的，可是闪闪烁烁，仪态万千，教你无从捉摸，有点儿着急。

特耐尔以前，坚士波罗（Gainsborough，1727—1788）是第一个人脱离荷兰影响，用英国景物作风景画的题材；又以画像著名。何嘉士（Hogarth，1697—1764）画了一套《结婚式》，又生动又亲切，当时刻板流传，风行各处，现存在这画院中。美国大画家惠斯勒（Whistler）称他为英国仅有的大画家。雷诺尔兹（Reynolds，1723—1792）的画像，与坚士波罗并称。画像以性格与身份为主，第一当然要像。可是从看画者一面说，像主若是历史上的或当代的名人，他们的性格与身份，多少总知道些，看起来自然有味，也略能批评得失。若只是平凡的人，凭你怎样像，陈列到画院里，怕就少有去理会的。因此，画家为维持他们永久的生命计，有时候重视技巧，而将"像"放在第二着。雷诺尔兹与坚士波罗似乎就是这样的人。他们画的像，色调鲜明而缥缈。庄严的男相，华贵的女相，优美活泼的孩子相，都算登峰造极；可就是不大"像"。坚氏的女像总太瘦；雷氏的不至于那么瘦，但是像主往往退回他的画，说太不像。国家画院旁有个国家画像院，专陈列英国历史上名人的像，文学家，艺术家，科学家，政治家，皇族，应有尽有，约共二千一百五十人。油画是大宗，排列依着时代。这儿也看见雷坚二氏的作品；但就全体而论，历史比艺术多的多。

　　泰特画院中还藏着诗人勃来克（William Blake，1757—1827）和罗塞蒂（Dante Gabriel Rossetti，1828—1882）的画。前一位是浪漫诗人的先驱，号称神秘派。自幼儿想象多，都表现在诗与画里。他的图案非常宏伟；色彩也如火焰，如一飞冲天的翅膀。所画的人体并不切实，只用作表现姿态，表现动的符号而已。后一位是先拉斐尔派的主角；这一派是诗与画双管齐下的。他们不相信"为艺术的艺术"，而以知识为重。画要叙事，要教训，要接触民众的心，让他们相信美的新观念；画笔要细腻，颜色却不必调和。罗氏作品有着清明的调子，强厚的感情；只是理想虽高，气韵却不够生动似的。

　　当代英国名雕塑家爱勃斯坦（Jacob Epstein）也有几件东西陈列在这里。他是新派的浪漫雕塑家。这派人要在形体的部分中去找新的情感力量；那必是不寻常的部分，足以扩展他们自己情感或感觉的经验的。他们以为这是美，夸张地表现出来；可是俗人却觉得人不像人，物不像物，觉得丑，只认为滑稽画一类。爱氏雕石头，但是塑泥似乎更多：塑泥的表面，决不刮光，就让那么凸凸凹凹地堆着，要的是这股劲儿。塑完了再倒铜。他也卖素描，形体色调也是那股浪漫劲儿。

以上只有不列颠博物院的历史可以追溯到十八世纪；别的都是十九世纪建立的，但欧战院除外。这些院的建立，固然靠国家的力量，却也靠私人的捐助——捐钱盖房子或捐自己的收藏的都有。各院或全不要门票，像不列颠博物院就是的；或一礼拜中两天要门票，票价也极低。他们印的图片及专册，廉价出售，数量惊人。又差不多都有定期的讲演，一面讲一面领着看；虽然讲的未必怎样精，听讲的也未必怎样多。这种种全为了教育民众，用意是值得我们佩服的。

滂卑故城

滂卑（Pompei）故城在奈波里之南，意大利半岛的西南角上。维苏威火山在它的正东，像一座围屏。纪元七十九年，维苏威初次喷火。喷出的熔岩倒没有什么；可是那崩裂的灰土，山一般压下来，到底将一座繁华的滂卑城活活地埋在底下，不透一丝风儿。那时是半夜里。好在大多数人瞧着兆头不妙，早卷了细软走了；剩下的并不多，想来是些穷小子和傻瓜罢。城是埋下去了，年岁一久，谁也忘记了。只存下当时一个叫小勃里尼的人的两封信，里面叙述滂卑陷落的情形；但没有人能指出这座故城的遗址来。直到一七四八年大剧场与别的几座房子出土，才有了头绪；系统的发掘却迟到一八六〇年。到现在这座城大半都出来了；工作还继续着。

滂卑的文化很高，从道路，建筑，壁画，雕刻，器皿等都可看出。后三样大部分陈列在奈波里国家博物院中；去滂卑的人最好先到那里看看。但是这种文化大体从希腊输入，罗马人自己的极少。当时罗马的将领打过了好些个胜仗，闲着没事，便风雅起来，搜罗希腊的美术品，装饰自己的屋子。这些东西有的是打仗时抢来的，有的是买的。古语说得好:"上有好者,下必有甚焉者。"这种美术的嗜好渐渐成了风气。那时罗马人有的是钱;希腊人却穷了,乐得有这班好主顾。"物聚于所好",滂卑还只是第三等的城市,大户人家陈设的美术品已经像一所不寒碜的博物院,别的大城可想而知。

滂卑沿海,当时与希腊交通,也是个商业的城市,人民是很富裕的。他们的生活非常奢靡,正合"饱暖思淫欲"一句话。滂卑的淫风似乎甚盛。他们崇拜男根,相信可以给人好运气,倒不像后世人作不净想。街上走,常见墙上横安着黑的男根;器具也常以此为饰。有一所大住宅,是两个姓魏提的单身男子住的,保存得最好;里面一间小屋子,墙上满是春画,据说他们常从外面叫了女人到这里。院子里本有一座喷泉,泉水以小石像的男根为出口;这座像现在也藏在那间小屋中。廊下还有一幅壁画,画着一架天平;左盘里是钱袋,一个人以他的男根放在右盘中,左盘便高起来了。可见滂卑人所重在彼而不在此。另有妓院一所,入门中间是穿堂,两边有小屋五间,每间有一张土床,床以外隙地便不多。穿堂墙上是春画;小屋内墙上间或刻着人名,据说这是游客的题名保荐,让他的朋友们看了,也选他的相好。

从来酒色连文,滂卑人在酒上也是极放纵的。只看到处是酒店,人家里多有藏酒的地窖子便知道了。滂卑的酒店有些像杭州绍兴一带的,酒垆与柜台都在门口,里面没有多少地方;来者大约都是喝"柜台酒"的。现在还可以见许多残破的酒垆和大大小小的酒甏;人家地窖里堆着的酒甏也不少。这些酒甏是黄土做的,长颈细腹尖底,样子灵巧,可是放不稳,不知当时如何安置。

上面说起魏提的住宅,是很讲究的。宅子高大,屋子也多;一所空阔的院子,周围是深深的走廊。廊下悬着石雕的面具;院中也放着许多雕像,中间是喷泉和鱼池。屋后还有花园。滂卑中上人家大概都有喷泉,鱼池与花园,大小称家之有无;喷泉与鱼池往往是分开的。水从山上用铅管引下来,办理得似乎不坏。魏提家的壁画颇多,墙壁用红色,粉刷得光润无比,和大理石差不多。画也精工美妙。饭厅里画着些各行手艺,仿佛宋人《懋迁图》的味儿。但做手艺的都是带翅子的小爱神,便不全是写实了。在红墙上画出一条黑带儿,在这条道儿上面再用鲜明的蓝黄等颜色作画,映照起来最好看;蓝色中渗一点粉,用来画衣裳与爱神的翅膀等,真是飘飘欲举。这种画分明仿希腊的壁雕,所以结构亭匀不乱。膳厅中画最多;黑带子是在墙下端,上面是一幅幅的并列着,却没有甚大的。膳厅中如何布置,已不可知。曾见别两家的是这样:中间一座长方的小石灰台子,红色,这便是桌子。围着是马蹄形的座位,也是石灰砌的,颜色相同。近台子那一圈低些阔些,是坐的,后面狭狭的矮矮的四五层斜着上去,像是靠背用的,最上层便又阔了。但那两家规模小,魏提家当然要阔些。至于地用嵌石铺,是在意中的。这些屋子里的银器铜器玻璃器等与壁画雕像大部分保存在奈波里;还有涂上石灰的尸首及已化炭的面包和谷类,都是城陷时的东西。

  滂卑人是会享福的,他们的浴场造得很好。冷热浴蒸汽浴都有;场中存衣柜,每个浴客一个,他们可以舒舒服服地放心洗澡去。场宽阔高大,墙上和圆顶上满是画。屋顶正中开一个大圆窗子,光从这里下来,雨也从这里下来;但他们不在乎雨,场里面反正是湿的。有一处浴场对门便是饭馆,洗完澡,就上这儿吃点儿喝点儿,真"美"啊。滂卑城并不算大,却有三个戏园子。大剧场为最,能容两万人,大约不常用,现在还算完好。

常用的两个比较小些,已颓毁不堪;一个据说有顶,是夜晚用的,一个无顶,是白天用的。城中有好几个市场,是公众买卖与娱乐的地方;法庭庙宇都在其中;现在却只见几片长方的荒场和一些破坛断柱而已。

  街市中除酒店外,别种店铺的遗迹也还不少。曾走过一家药店,架子上还零乱地放着些玻璃瓶儿;又走过一家饼店,五个烘饼的小砖炉也还好好的。街旁常见水槽;槽里的水是给马喝的,上面另有一个管子,行人可以就着喝。喝时须以一只手按着槽边,翻过身仰起脸来。这个姿势也许好看,舒服是并不的。日子多了,槽边经人按手的地方凹了下去,磨得光滑滑的。街路用大石铺成,也还平整宽舒;中间常有三大块或两大块椭圆的平石分开放着,是为上下马车用的。车有两轮,恰好从石头空处过去。街道是直的,与后世取曲势的不同。虽然一望到头,可是衬着两旁一排排的距离相似高低相仿的颓垣断户,倒仿佛无穷无尽似的。从整齐划一中见伟大,正中古罗马人的长处。

佛罗伦司

佛罗伦司（Florence）最教你忘不掉的是那色调鲜明的大教堂与在它一旁的那高耸入云的钟楼。教堂靠近闹市，在狭窄的旧街道与繁密的市房中，展开它那伟大的个儿，好像一座山似的。它的门墙全用大理石砌成，黑的红的白的线条相间着。长方形是基本图案，所以直线虽多，而不觉严肃，也不觉浪漫；白天里绕着教堂走，仰着头看，正像看达文齐的《摩那丽沙》（Mona Lisa）像，她在你上头，可也在你里头。这不独是线形温和平静的缘故，那三色的大理石，带着它们的光泽，互相显映，也给你鲜明稳定的感觉；加上那朴素而黯淡的周围，衬托着这富丽堂皇的建筑，像给它打了很牢固的基础一般。夜晚就不同些；在模糊的街灯光里，这庞然的影子便有些压迫着你了。教堂动工在十三世纪，但门墙只是十九世纪的东西；完成在一八八四年，算到现在才四十九年。

教堂里非常简单，与门墙决不相同，只穹隆顶宏大而已。钟楼在教堂的右首，高二百九十二英尺，是乔陀（Giotto，十四世纪）的杰作。乔陀是意大利艺术的开山祖师；从这座钟楼可以看出他的大匠手。这也用颜色大理石砌成墙面；宽度与高度正合适，玲珑而不显单薄。墙面共分七层：下四层很短，是打根基的样子，最上层最长，以助上耸之势。窗户越高越少越大，最上层只有一个；在长方形中有金字塔形的妙用。教堂对面是受洗所，以吉拜地（Ghiberti）做的铜门著名。有两扇最工，上刻《圣经》故事图十方，分远近如画法，但未免太工些；门上并有作者的肖像。密凯安杰罗（十六世纪）说过这两扇门真配做天上乐园的门，传为佳话。

教堂内容富丽的，要推送子堂，以《送子图》得名。门外廊子里有沙陀（Sarto，十六世纪）的壁画，他自己和他太太都在画中；画家以自己或太太作模特儿是常见的。教堂里屋顶以金漆花纹界成长方格子，灿烂之极。门内左边有一神龛，明灯照耀，香花供养，墙上便是《送子图》。画的是天使送耶稣给处女玛利亚，相传是天使的手笔。平常遮着不让我们俗眼看；每年只复活节的礼拜五揭开一次。这是塔斯干省最尊的神龛了。

梅迭契（Medici）家庙也以富丽胜，但与别处全然不同。梅迭契家是中古时大公爵，治佛罗伦司多年。那时佛罗伦司非常富庶，他们家穷极奢华；佛罗伦司艺术的兴盛，一半便由于他们的爱好。这个家庙是历代大公爵家族的葬所。房屋是八角形，有穹隆顶；分两层，下层是坟墓，上层是雕像与纪念碑等。上层墙壁，全用各色上好大理石作面子，中间更用宝石嵌成花纹，地也用大理石嵌花铺成；屋顶是名人的画。光彩焕发，五色纷纶，嵌工最精细，平滑如天然。佛罗伦司嵌石是与威尼斯嵌玻璃齐名的，梅迭契家造这个庙，用过二千万元，但至今并未完成；雕像座还空着一大半，地也没有全铺好。旁有新庙，是密凯安杰罗所建，朴质无华；中有雕像四座，叫作《昼》《夜》《晨》《昏》，是纪念碑的装饰，也出于密凯安杰罗的手，颇有名。

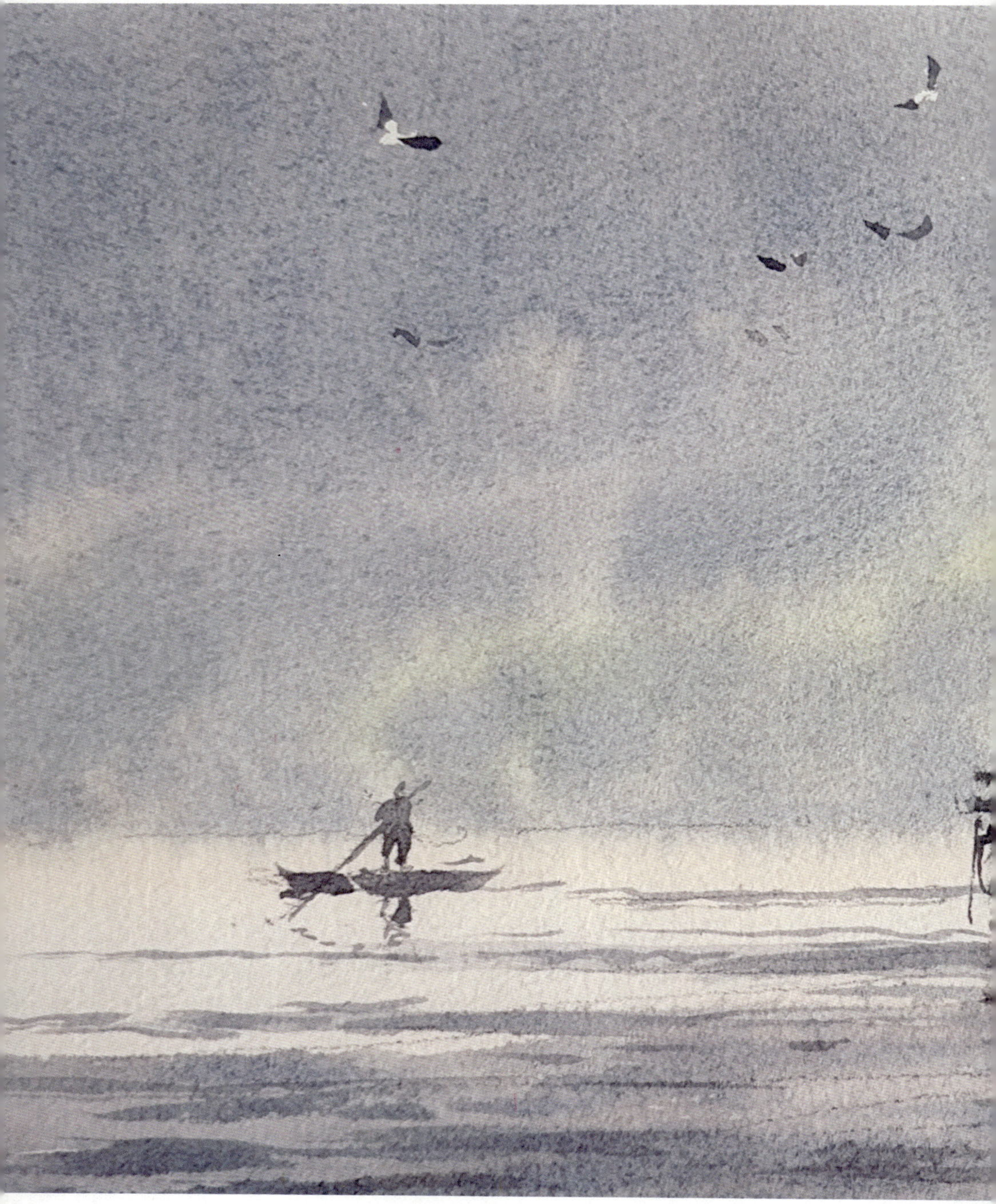

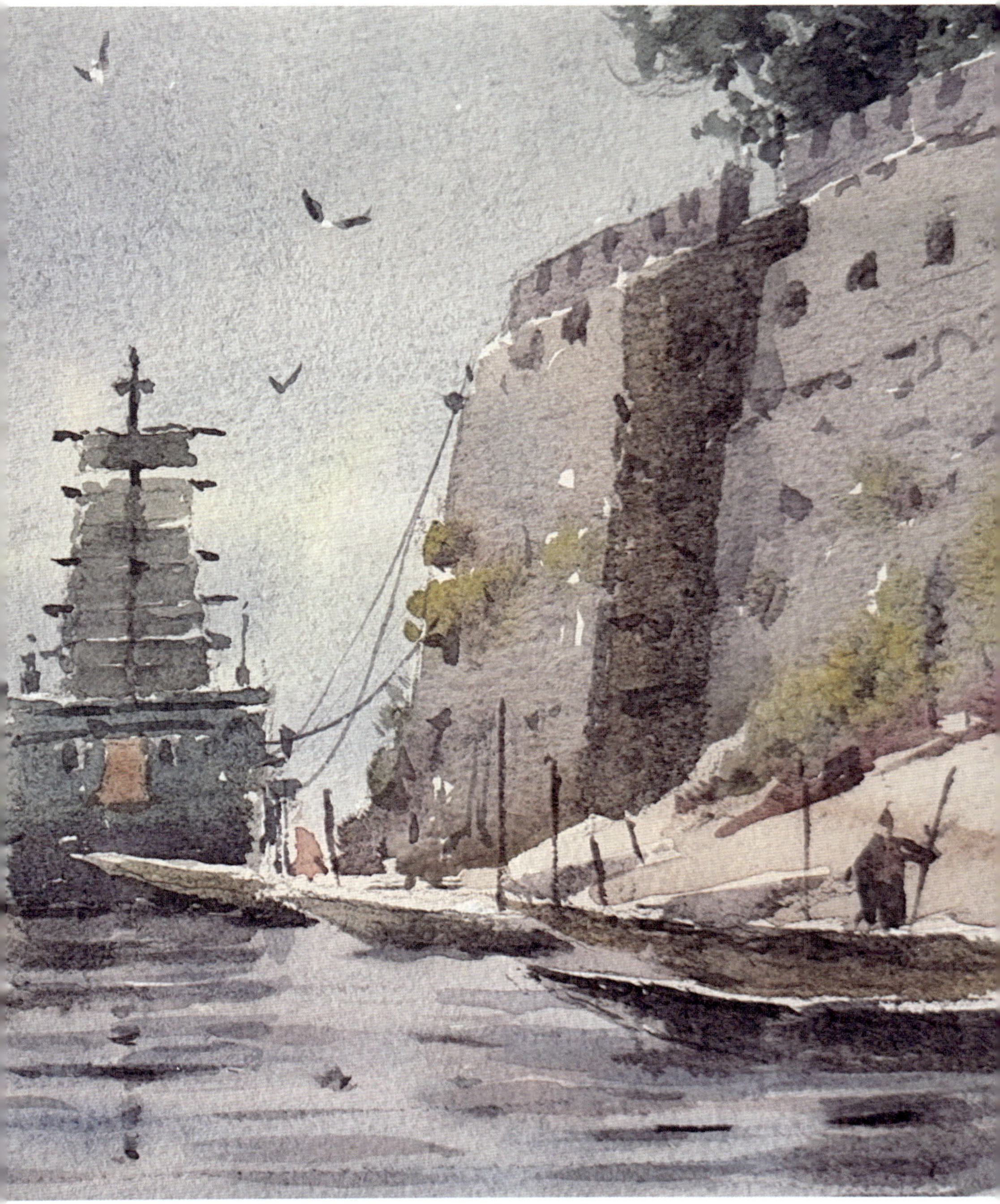

十字堂是"佛罗伦司的西寺""塔斯干的国葬院";前面是但丁的造像。密凯安杰罗与科学家格里雷的墓都在这里,但丁也有一座纪念碑;此外名人的墓还很多。佛罗伦司与但丁有关系的遗迹,除这所教堂外,在送子堂附近是他的住宅;是一所老老实实的小砖房,带一座方楼,据说那时阔人家都有这种方楼的。他与他的情人佩特拉齐相遇,传说是在一座桥旁;这个情景常见于图画中。这座有趣的桥,照画看便是阿奴河上的三一桥;桥两头各有雕像两座,风光确是不坏。佩特拉齐的住宅离但丁的也不远;她葬在一个小教堂里,就在住宅对面小胡同内。这个教堂双扉紧闭,破旧得可以,据说是终年不常开的。但丁与佩特拉齐的屋子,现在都已作别用,不能进去,只墙上钉些纪念的木牌而已。佩特拉齐住宅墙上有一块木牌,专抄但丁的诗两行,说他遇见了一个美人,却有些意思。还有一所教堂,据说原是但丁写《神曲》的地方;但书上没有,也许是"齐东野人"之语罢。密凯安杰罗住过的屋子在十字堂近旁,是他侄儿的住宅。现在是一所小博物院,其中两间屋子陈列着密凯安杰罗塑的小品,有些是名作的雏形,都奕奕有神采。在这一层上,他似乎比但丁还有幸些。

佛罗伦司著名的方场叫作官方场,据说也是历史的和商业的中心,比威尼斯的圣马克方场黯淡冷落得多。东边未周府,原是共和时代的议会,现在是市政府。要看中古时佛罗伦司的堡子,这便是个样子,建筑仿佛铜墙铁壁似的。门前有密凯安杰罗《大卫》(David)像的翻本(原件存本地国家美术院中)。府西是著名的喷泉,雕像颇多;中间亚波罗驾四马,据说是一块大理石凿成。但死板板的没有活气,与旁边有血有肉的《大卫》像一比,便看出来了。密凯安杰罗说这座像白费大理石,也许不错。

府东是朗齐亭,原是人民会集的地方,里面有许多好的古雕像;其中一座像有两个面孔,后一个是作者自己。

方场东边便是乌费齐画院(Uffizi Gallery)。这画院是梅迭契家立的,收藏十四世纪到十六世纪的意大利画最多;意大利画的精华荟萃于此,比哪儿都好。乔陀,波铁乞利(Botticelli,十五世纪),达文齐(十五世纪),拉飞尔(十六世纪),密凯安杰罗,铁沁的作品,这儿都有;波铁乞利和铁沁的最多。乔陀,波铁乞利,达文齐都是佛罗伦司派,重形线与构图;拉飞尔曾到佛罗伦司,也受了些影响。铁沁是威尼斯派,重着色。这两个潮流是西洋画的大别。波铁乞利的作品如《勃里马未拉的寓言》《爱神的出生》等似乎最能代表前一派;达文齐的《送子图》,构图也极巧妙。铁沁的《佛罗拉像》和《爱神》,可以看出丰富的颜色与柔和的节奏。另有《蓝色圣母像》,沙琐费拉陀(Sossofer-rato,十七世纪)所作,后来临摹的很多;《小说月报》曾印作插图。古雕像以《梅迭契爱神》《摔跤》为最:前者情韵欲流,后者精力饱满,都是神品。隔阿奴河有辟第(Pitti)画院,有长廊与乌费齐相通;这条长廊架在一座桥的顶上,里面挂着许多画像。辟第画院是辟第(Luca Pitti)立的。他和梅迭契是死冤家。可是后来扩充这个画院的还是梅迭契家。收藏的名画有拉飞尔的两幅《圣母像》《福那利那像》与铁沁的《马达来那像》等。福那利那是拉飞尔的未婚妻,是他许多名作的模特儿。铁沁此幅和《佛罗拉像》作风相近,但金发飘拂,节奏更要生动些。

两个画院中常看见女人坐在小桌旁用描花笔蘸着粉临摹小画像,这种小画像是将名画临摹在一块长方的或椭圆的小纸上,装在小玻璃框里,作案头清供之用。因为地方太小,只能临摹半身像。这也是西方一种特别的艺术，颇有些历史。看画院的人走过那些小桌子旁，她们往往请你看她们的作品；递给你扩大镜让你看出那是一笔不苟的。每件大约二十元上下。她们特别拉住些太太们，也许太太们更能赏识她们的耐心些。

十字堂邻近，许多做嵌石的铺子。黑地嵌石的图案或带图案味的花卉人物等都好；好在颜色与光泽彼此衬托，恰到佳处。有几块小丑像，趣极了。但临摹风景或图画的却没有什么好。无论怎么逼真，总还隔着一层；嵌石决不能如作画那么灵便的。再说就使做得和画一般，也只是因难见巧，没有一点新东西在内。威尼斯嵌玻璃却不一样。他们用玻璃小方块嵌成风景图；这些玻璃块相似而不尽相同，它们所构成的不是一个简单的平面，而是许多颜色的点儿。你看时会觉得每一点都触着你，它们间的光影也极容易跟着你的角度变化；至少这"触着你"一层，画是办不到的。不过佛罗伦司所用大理石，色泽胜于玻璃多多；威尼斯人虽会着色，究竟还赶不上。

瑞士

瑞士有"欧洲的公园"之称。起初以为有些好风景而已；到了那里，才知无处不是好风景，而且除了好风景似乎就没有什么别的。这大半由于天然，小半也是人工。瑞士人似乎是靠游客活的，只看很小的地方也有若干若干的旅馆就知道。他们拼命地筑铁道通轮船，让爱逛山的爱游湖的都有落儿；而且车船两便，票在手里，爱怎么走就怎么走。瑞士是山国，铁道依山而筑，隧道极少；所以老是高高低低，有时像差得很远的。还有一种爬山铁道，这儿特别多。狭狭的双轨之间，另加一条特别轨：有时是一个个方格儿，有时是一个个钩子；车底下带一种齿轮似的东西，一步步咬着这些方格儿，这些钩子，慢慢地爬上爬下。这种铁道不用说工程大极了；有些简直是笔陡笔陡的。

逛山的味道实在比游湖好。瑞士的湖水一例是淡蓝的，真正平得像镜子一样。太阳照着的时候，那水在微风里摇晃着，宛然是西方小姑娘的眼。若遇着阴天或者下小雨，湖上迷迷蒙蒙的，水天混在一块儿，人如在睡里梦里。也有风大的时候；那时水上便皱起粼粼的细纹，有点像颦眉的西子。可是这些变幻的光景在岸上或山上才能整个儿看见，在湖里倒不能领略许多。况且轮船走得究竟慢些，常觉得看来看去还是湖，不免也腻味。逛山就不同，一会儿看见湖，一会儿不看见；本来湖在左边，不知怎么一转弯，忽然挪到右边了。湖上固然可以看山，山上还可看山，阿尔卑斯有的是重峦叠嶂，怎么看也不会穷。山上不但可以看山，还可以看谷；稀稀疏疏错错落落的房舍，仿佛有鸡鸣犬吠的声音，在山肚里，在山脚下。看风景能够流连低回固然高雅，但目不暇接地过去，新境界层出不穷，也未尝不淋漓痛快；坐火车逛山便是这个办法。

卢参（Luzerne）在瑞士中部，卢参湖的西北角上。出了车站，一眼就看见那汪汪的湖水和屏风般的青山，真有一股爽气扑到人的脸上。与湖连着的是劳思河，穿过卢参的中间。

河上低低的一座古水塔，从前当作灯塔用；这儿称灯塔为"卢采那"，有人猜"卢参"这名字就是由此而出。这座塔低得有意思；依傍着一架曲了又曲的旧木桥，倒配了对儿。这架桥带顶，像廊子；分两截，近塔的一截低而窄，那一截却突然高阔起来，仿佛彼此不相干，可是看来还只有一架桥。不远儿另是一架木桥，叫龛桥，因上有神龛得名，曲曲的，也古。许多对柱子支着桥顶，顶底下每一根横梁上两面各钉着一大幅三角形的木板画，总名"死神的跳舞"。每一幅配搭的人物和死神跳舞的姿态都不相同，意在表现社会上各种人的死法。画笔大约并不算顶好，但这样上百幅的死的图画，看了也就够劲儿。过了河往里去，可以看见城墙的遗迹。墙依山而筑，蜿蜒如蛇；现在却只见一段一段地嵌在住屋之间。但九座望楼还好好的，和水塔一样都是多角锥形；多年的风吹日晒雨淋，颜色是黯淡得很了。

冰河公园也在山上。古代有一个时期北半球全埋在冰雪里，瑞士自然在内。阿尔卑斯山上积雪老是不化，越堆越多。在底下的渐渐地结成冰，最底下的一层渐渐地滑下来，顺着山势，往谷里流去。这就是冰河。冰河移动的时候，遇着夏季，便大量地溶化。这样溶化下来的一股大水，力量无穷；石头上一个小缝儿，在一个夏天里，可以冲成深深的大潭。这个叫磨穴。有时大石块被带进潭里去，出不来，便只在那儿跟着水转。初起有棱角，将潭壁上磨了许多道儿；日子多了，棱角慢慢光了，就成了一个大圆球，还是转着。这个叫磨石。冰河公园便以这类遗迹得名。大大小小的石潭，大大小小的石球，现在是安静了；但那粗糙的样子还能教你想见多少万年前大自然的气力。可是奇怪，这些不言不语的顽石，居然背着多少万年的历史，比我们人类还老得多多；要没人卓古证今地说，谁相信。这样讲，古诗人慨叹"磊磊涧中石"，似乎也很有些道理在里头了。这些遗迹本来一半埋在乱石堆里，一半埋在草地里，直到一八七二年秋天才偶然间被发现。还发现了两种化石：一种上是些蚌壳，足见阿尔卑斯脚下这一块土原来是滔滔的大海；另一种上是片棕叶，又足见此地本有热带的大森林。这两期都在冰河期前，日子虽然更杳茫，光景却还能在眼前描画得出，但我们人类与那种大自然一比，却未免太微细了。

　　立矶山（Rigi）在卢参之西，乘轮船去大约要一点钟。去时是个阴天，雨意很浓。四周陡峭的青山的影子冷冷地沉在水里。湖面儿光光的，像大理石一样。上岸的地方叫威兹老，山脚下一座小小的村落，疏疏散散遮遮掩掩的人家，静透了。上山坐火车，只一辆，走得可真慢，虽不像蜗牛，却像牛之至。一边是山，太近了，不好看。一边是湖，是湖上的山；从上面往下看，山像一片一片儿插着，湖也像只有一薄片儿。有时窗外一座大崖石来了，便什么都不见；有时一片树木来了，只好从枝叶的缝儿里张一下。山上和山下一样,静透了,常常听到牛铃儿叮儿当的。牛带着铃儿,为的是跑到哪儿都好找。这些牛真有些"不知汉魏",有一回居然挡住了火车;开车的还有山上的人帮着,吆喝了半天,才将它们哄走。但是谁也没有着急,只微微一笑就算了。山高五千九百零五英尺,顶上一块不大的平场。据说在那儿可以看见周围九百里的湖山,至少可以看见九个湖和无数的山峰。可是我们的运气坏,上山后云便越浓起来;到了山顶,什么都裹在云里,几乎连我们自己也在内。在不分远近的白茫茫里闷坐了一点钟,下山的车才来了。

交湖(Interlaken)在卢参的东南。从卢参去,要坐六点钟的火车。车子走过勃吕尼山峡。这条山峡在瑞士是最低的,可是最有名。沿路的风景实在太奇了。车子老是挨着一边儿山脚下走,路很窄。那边儿起初也只是山,青青青青的。越往上走,那些山越高了,也越远了,中间豁然开朗,一片一片的谷,是从来没看见过的山水画。车窗里直望下去,却往往只见一丛丛的树顶,到处是深的绿,在风里微微波动着。路似乎颇弯曲的样子,一座大山峰老是看不完;瀑布左一条右一条的,多少让山顶上的云掩护着。清淡到像一些声音都没有,不知转了多少转,到勃吕尼了。这儿高三千二百九十六英尺,差不多到了这条峡的顶。从此下山,不远便是勃利安湖的东岸,北岸就是交湖了。车沿着湖走。太阳出来了,隔岸的高山青得出烟,湖水在我们脚下百多尺,闪闪的像珐琅一样。

交湖高一千八百六十六英尺,勃利安湖与森湖交会于此。地方小极了,只有一条大街;四围让阿尔卑斯的群峰严严地围着。其中少妇峰最为秀拔,积雪皑皑,高出云外。街北有两条小径。一条沿河,一条在山脚下,都以幽静胜。小径的一端,依着座小山的形势参差地安排着些别墅般的屋子。

街南一块平原，只有稀稀的几个人家，显得空旷得不得了。早晨从旅馆的窗子看，一片清新的朝气冉冉地由远而近，仿佛在古时的村落里。街上满是旅馆和铺子；铺子不外卖些纪念品，咖啡，酒饭等等，都是为游客预备的；还有旅行社，更是的。这个地方简直是游客的地方，不像属于瑞士人。纪念品以刻木为最多，大概是些小玩意儿；是一种涂紫色的木头，虽然刻得粗略，却有气力。在一家铺子门前看见一个美国人在说，"你们这些东西都没有用处；我不欢喜玩意儿。"买点纪念品而还要考较用处。此君真美国得可以了。

从交湖可以乘车上少妇峰，路上要换两次车。在老台勃鲁能换爬山电车，就是下面带齿轮的。这儿到万根，景致最好看。车子慢慢爬上去，窗外展开一片高山与平陆，宽旷到一眼望不尽。坐在车中，不知道车子如何爬法；却看那边山上也有一条陡峻的轨道，也有车子在上面爬着，就像一只甲虫。到万格那尔勃可见冰川，在太阳里亮晶晶的。到小夏代格再换车，轨道中间装上一排铁钩子，与车底下的齿轮好咬得更紧些。这条路直通到少妇峰前头，差不多整个儿是隧道；因为山上满积着雪，不得不打山肚里穿过去。这条路是欧洲最高的铁路，费了十四年工夫才造好，要算近代顶伟大的工程了。

在隧道里走没有多少意思，可是哀格望车站值得看。那前面的看廊是从山岩里硬凿出来的。三个又高又大又粗的拱门般的窗洞，教你觉得自己渺小。望出去很远，五千九百零四英尺下的格林德瓦德也可见。少妇峰站的看廊却不及这里；一眼尽是雪山，雪水从檐上滴下来，别的什么都没有。虽在一万一千三百四十二英尺的高处，而不能放开眼界，未免令人有些怅怅。但是站里有一架电梯，可以到山顶上去。这是小小一片高原，在明西峰与少妇峰之间，三百二十英尺长，厚厚地堆着白雪。雪上虽只是淡淡的日光，乍看竟耀得人睁不开眼。这儿可望得远了。一层层的峰峦起伏着，有戴雪的，有不戴的；总之越远越淡下去。山缝里躲躲闪闪一些玩具般的屋子，据说便是交湖了。原上一头插着瑞士白十字国旗，在风里飒飒地响，颇有些气势。山上不时地雪崩，沙沙沙沙流下来像水一般，远看很好玩儿。脚下的雪滑极，不走惯的人寸步都得留神才行。少妇峰的顶还在二千三百二十五英尺之上，得凭着自己的手脚爬上去。

下山还在小夏代格换车，却打这儿另走一股道，过格林德瓦德直到交湖，路似乎平多了。车子绕明西峰走了好些时候。明西峰比少妇峰低些，可是大。少妇峰秀美得好，明西峰雄奇得好。车子紧挨着山脚转，陡陡的山势似乎要向窗子里直压下来，像传说中的巨人。这一路有几条瀑布；瀑布下的溪流快极了，翻着白沫，老像沸着的锅子。早九点多在交湖上车，回去是五点多。

司皮也兹（Spiez）是玲珑可爱的一个小地方：临着森湖，如浮在湖上。路依山而建，共有四五层，台阶似的。街上常看不见人。在旅馆楼上待着，远处偶然有人过去，说话声音听得清清楚楚的。傍晚从露台上望湖，山脚下的暮霭混在一抹轻蓝里，加上几星儿刚放的灯光，真有味。孟特罗（Mondtreux）的果子可可糖也真有味。日内瓦像上海，只湖中大喷水，高二百余英尺，还有卢梭岛及他出生的老屋，现在已开了古董铺的，可以看看。

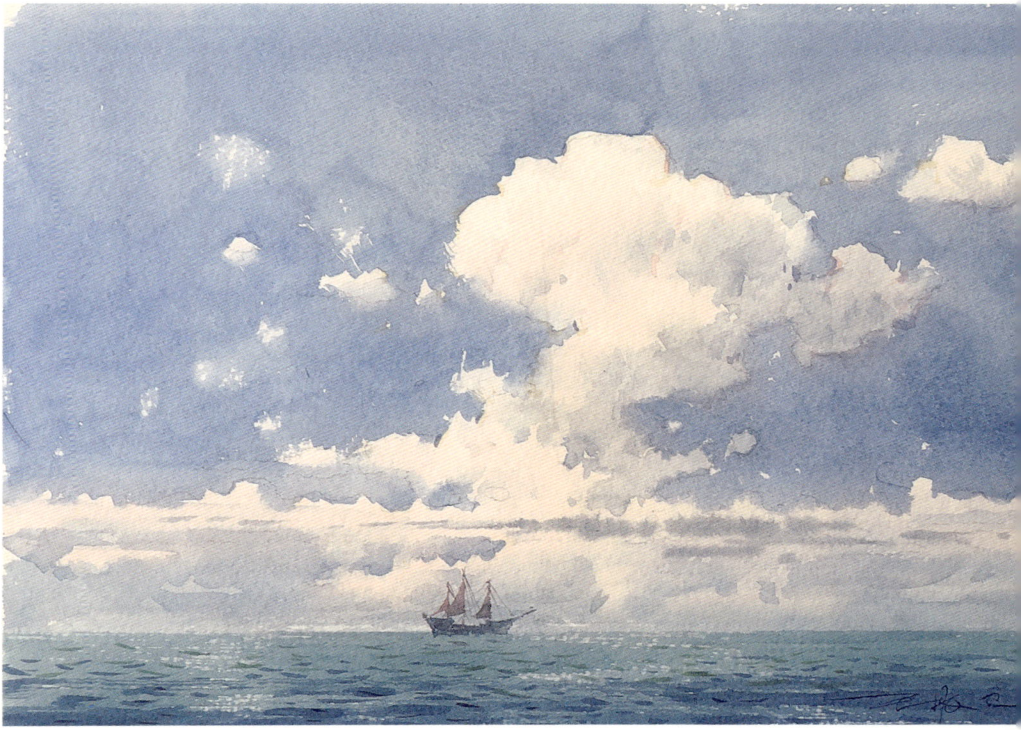

荷兰

一个在欧洲没住过夏天的中国人，在初夏的时候，上北国的荷兰去，他简直觉得是新秋的样子。淡淡的天色，寂寂的田野，火车走着，像没人理会一般。天尽头处偶尔看见一架半架风车，动也不动的，像向天揸开的铁手。在瑞士走，有时也是这样一劲儿地静；可是这儿的肃静，瑞士却没有。瑞士大半是山道，窄狭的，弯曲的，这儿是一片广原，气象自然不同。火车渐渐走近城市，一溜房子看见了。红的黄的颜色，在那灰灰的背景上，越显得鲜明照眼。那尖屋顶原是三角形的底子，但左右两边近底处各折了一折，便多出两个角来；机灵里透着老实，像个小胖子，又像个小老头儿。

荷兰人有名地会盖房子。近代谈建筑，数一数二是荷兰人。快到罗特丹（Rotterdam）的时候，有一家工厂，房屋是新样子。房子分两截，近处一截是一道内曲线，两大排玻璃窗子反射着强弱不同的光。接连着的一截是比较平正些的八层楼，窗子也是横排的。"楼梯间"满用玻璃，外面既好看，上楼又明亮好走，比旧式阴森森的楼梯间，只在墙上开着小窗户的自然好多了。整排不断的横窗户也是现代建筑的特色；靠着钢骨水泥，才能这样办。这家工厂的横窗户有两个式样，窗宽墙窄是一式，墙宽窗窄又是一式。有人说这种墙和窗子像面包夹火腿；但哪是面包哪是火腿却弄不明白。又有人说这种房子仿佛满支在玻璃上，老教人疑心要倒塌似的。可是我只觉得一条条连接不断的横线都有大气力，足以支撑这座大屋子而有余，而且一眼看下去，痛快极了。

海牙和平宫左近，也有不少新式房子，以铺面为多，与工厂又不同。颜色要鲜明些，装饰风也要重些，大致是清秀玲珑的调子。最精致的要数那一座"大厦"，是分租给人家住的。是不规则的几何形。约莫居中是高耸的通明的楼梯间，界划着黑钢的小方格子。一边是长条子，像伸着的一只胳膊；一边是方方的。每层楼都有栏杆，长的那边用蓝色，方的那边用白色，衬着淡黄的窗子。人家说荷兰的新房子就像一只轮船，真不错。这些栏杆正是轮船上的玩意儿。那梯子间就是烟囱了。大厦前还有一个狭长的池子，浅浅的，尽头处一座雕像。池旁种了些花草，散放着一两张椅子。屋子后面没有栏杆，可是水泥墙上简单的几何形的界划，看了也非常爽目。那一带地方很宽阔，又清静，过午时大厦满在太阳光里，左近一些碧绿的树掩映着，教人舍不得走。阿姆斯特丹（Amsterdam）的新式房子更多。皇宫附近的电报局，样子打得巧，斜对面那家电气公司却一味地简朴；两两相形起来，倒有点意思。别的似乎都赶不上这两所好看。但"新开区"还有整大片的新式建筑，没有得去看，不知如何。

荷兰人又有名地会画画。十七世纪的时候，荷兰脱离了西班牙的羁绊，渐渐地兴盛，小康的人家多起来了。他们衣食既足，自然想着些风雅的玩意儿。那些大幅的神话画宗教画，本来专供装饰宫殿小教堂之用。他们是新国，用不着这些。他们只要小幅头画着本地风光的。人像也好，风俗也好，景物也好，只要"荷兰的"就行。在这些画里，他们亲亲切切地看见自己。要求既多，供给当然跟着。那时画是上市的，和皮鞋与蔬菜一样，价钱也差不多。就中风俗画（Genre picture）最流行。直到现在，一提起荷兰画家，人总容易想起这种画。这种画的取材是极平凡的日常生活；而且限于室内，采的光往往是灰暗的。这种材料的生命亲切有味或滑稽可喜。一个卖野味的铺子可以成功一幅画，一顿饭也可能成功一幅画。有些滑稽太过，便近乎低级趣味。譬如海牙毛利丘司（Mauritshuis）画院所藏的莫兰那（Molenaer）画的《五觉图》。《嗅觉》一幅，画一妇人捧着小孩，他正在拉矢。《触觉》一幅更奇，画一妇人坐着，一男人探手入她的衣底；妇人便举起一只鞋，要向他的头上打下去。这画院里的名画却真多。陀（Dou）的《年轻的管家妇》，琐琐屑屑地画出来，没有一些地方不熨帖。鲍特（Potter）的《牛》工极了，身上一个蝇子都没有放过，但是活极了，那牛简直要从墙上缓缓地走下来；布局也单纯得好。卫米尔（Vermeer）画他本乡代夫脱（Delft）的风景一幅，充分表现那静肃的味道。他是小风景画家，以善分光影和精于布局著名。风景画取材杂，要安排得停当是不容易的。荷兰画像，哈司（Hals）是大师。但他的好东西都在他故乡哈来姆（Haorlem），别处见不着。阿姆斯特丹的力克士博物院（Ryks Museum）中有他一幅《俳优》，是一个弹着琵琶的人，神气颇足。这些都是十七世纪的画家。

　　但是十七世纪荷兰最大的画家是冉伯让（Rembrandt）。他与一般人不同，创造了个性的艺术；将自己的思想感情，自己这个人放进他画里去。他画画不再伺候人，即使画人像，画宗教题目，也还分明地见出自己。十九世纪艺术的浪漫运动只承认表现艺术家的个性的作品有价值，便是他的影响。他领略到精神生活里神秘的地方，又有深厚的情感。最爱用一片黑做背景；但那黑是活的不是死的。黑里渐渐透出黄黄的光，像压着的火焰一般；在这种光里安排着他的人物。像这样的光影的对照是他的绝技；他的神秘与深厚也便从这里见出。这不仅是浮泛的幻想，也是贴切的观察；在他作品里梦和现实混在一块儿。有人说他从北国的烟云里悟出了画理，那也许是真的。他会看到氤氲的底里去。他的画像最能表现人的心理，也便是这个缘故。

毛利丘司里有他的名作《解剖班》《西面在圣殿中》。前一幅写出那站着在说话的大夫从容不迫的样子。一群学生围着解剖台，有些坐着，有些站着；猫着腰的，侧着身子的，直挺挺站着的，应有尽有。他们的头，或俯或仰，或偏或正，没有两个人相同。他们的眼看着尸体，看着说话的大夫，或无所属，但都在凝神听话。写那种专心致志的光景，惟妙惟肖。后一幅写殿宇的庄严，和参加的人的圣洁与和蔼，一种虔敬的空气弥漫在画面上，教人看了会沉静下去。他的另一杰作《夜巡》在力克士博物院里。这里一大群武士，都拿了兵器在守望着敌人。一位爵爷站在前排正中间，向着旁边的弁兵有所吩咐；别的人有的在眺望，有的在指点，有的在低低地谈论，右端一个打鼓的，人和鼓都只露了一半；他似乎焦急着，只想将槌子敲下去。左端一个人也在忙忙地伸着右手整理他的枪口。他的左胳膊底下钻出一个孩子，露着惊惶的脸。人物的安排，交互地用疏密与明暗；乍看不匀称，细看再匀称没有。这幅画里光的运用最巧妙；那些浓淡浑析的地方，便是全画的精神所在。冉伯让是雷登（Ley-den）人，晚年住在阿姆斯特丹。他的房子还在，里面陈列着他的腐刻画与钢笔毛笔画。腐刻画是用药水在铜上刻出画来，他是大匠手；钢笔画毛笔

画他也擅长。这里还有他的一座铜像，在用他的名字的方场上。

　　海牙是荷兰的京城，地方不大，可是清静。走在街上，在淡淡的太阳光里，觉得什么都可以忘记了的样子。城北尤其如此。新的和平宫就在这儿，这所屋是一个人捐了做国际法庭用的。屋不多，里面装饰得很好看。引导人如数家珍地指点着，告诉游客这些装饰品都是世界各国捐赠的。楼上正中一间大会议厅，他们称为日本厅；因为三面墙上都挂着日本的大幅的缂丝，而这几幅东西是日本用了多少多少人在不多的日子里特地赶做出来给这所和平宫用的。这几幅都是花鸟，颜色鲜明，织得也细致；那日本特有的清丽的画风整个儿表现着。中国送的两对景泰蓝的大壶（古礼器的壶）也安放在这间厅里。厅中间是会议席，每一张椅子背上有一个缎套子，绣着一国的国旗；那国的代表开会时便坐在这里。屋左屋后是花园；亭子，喷水，雕像，花木等等，错综地点缀着，明丽深曲兼而有之。也不十二分大，却老像走不尽的样子。从和平宫向北去，电车在稀疏的树林子里走。满车中绿阴阴的，斑驳的太阳光在车上在地下跳跃着过去。不多一会儿就到海边了。海边热闹得很，玩儿的人来往不绝。长长的一带沙滩上，满放着些藤篓子——实在是些轿式的藤椅子，预备洗完澡坐着晒太阳的。这种藤篓子的顶像一个瓢，又圆又胖，那拙劲儿真好。更衣的小木屋也多。大约天气还冷，沙滩上只看见零零落落的几个人。那北海的海水白白地展开去，没有一点风涛，像个顶听话的孩子。

阿姆斯特丹在海牙东北，是荷兰第一个大城。自然不及海牙清静。可是河道多，差不多有一道街就有一道河，是北国的水乡；所以有"北方威尼斯"之称。桥也有三百四十五座，和威尼斯简直差不多。河道宽阔干净，却比威尼斯好；站在桥上顺着河望过去，往往水木明瑟，引着你一直想见最远最远的地方。阿姆斯特丹东北有一个小岛，叫马铿（Marken）岛，是个小村子。那边的风俗服装古里古怪的，你一脚踏上岸就会觉得回到中世纪去了。乘电车去，一路经过两三个村子。那是个阴天。漠漠的风烟，红黄相间的板屋，正在旋转着让船过去的桥，都教人耳目一新。到了一处，在街当中下了车，由人指点着找着了小汽轮。海上坦荡荡的，远处一架大风车在慢慢地转着。船在斜风细雨里走，渐渐从朦胧里看见马铿岛。这个岛真正"不满眼"，一道堤低低的环绕着。据说岛只高出海面几尺，就仗着这一点儿堤挡住了那茫茫的海水。岛上不过二三十份人家，都是尖顶的板屋；下面一律搭着架子，因为隔水太近了。板屋是红黄黑三色相间着，每所都如此。岛上男人未多见，也许打鱼去了；女人穿着红黄白蓝黑各色相间的衣裳，和他们的屋子相配。总而言之，一到了岛上，虽在黯淡的北海上，眼前却亮起来了。岛上各家都预备着许多纪念品，争着将游客让进去；也有装了一大柳条筐，一手抱着孩子，一手挽着筐子在路上兜售的。自然做这些事的都是些女人。纪念品里有些玩意儿不坏：如小木鞋，像我们的毛窝的样子；如长的竹烟袋儿，烟袋锅的脖子上挂着一双顶小的木鞋，踢里瓜啦的；如手绢儿，一角上绒绣着岛上的女人，一架大风车在她们头上。

  回来另是一条路，电车经过另一个小村子叫伊丹（Edam）。这儿的干酪四远驰名，佀那一座挨着一座跨在一条小河上的高架吊桥更有味。望过去足有二三十座，架子像城门圈一般；走上去便微微摇晃着。河直而窄，两岸不多几层房屋，路上也少有人，所以仿佛只有那一串儿的桥轻轻地在风里摆着。这时候真有些觉得是回到中世纪去了。

柏林

　　柏林的街道宽大，干净，伦敦巴黎都赶不上的；又因为不景气，来往的车辆也显得稀些。在这儿走路，尽可以从容自在地呼吸空气，不用张张望望躲躲闪闪。找路也顶容易，因为街道大概是纵横交切，少有"旁逸斜出"的。最大最阔的一条叫菩提树下，柏林大学，国家图书馆，新国家画院，国家歌剧院都在这条街上。东头接着博物院洲，大教堂，故宫；西边到著名的勃朗登堡门为止，长不到二里。过了那座门便是梯尔园，街道还是直伸下去——这一下可长了，三十七八里。勃朗登堡门和巴黎凯旋门一样，也是纪功的。建筑在十八世纪末年，有点仿雅典奈昔克里司门的式样。高六十六英尺，宽六十八码半；两边各有六根多力克式石柱子。顶上是站在驷马车里的胜利神像，雄伟庄严，表现出德意志国都的神采。那神像在一八〇七年被拿破仑当作胜利品带走，但七年后便又让德国的队伍带回来了。

　　从菩提树下西去，一出这座门，立刻神气清爽，眼前别有天地；那空阔，那望不到头的绿树，便是梯尔园。这是柏林最大的公园，东西六里，南北约二里。地势天然生得好，加上树种得非常巧妙，小湖小溪，或隐或显，也安排的是地方。大道像轮子的辐，凑向轴心去。道旁齐齐地排着葱郁的高树；树下有时候排着些白石雕像，在深绿的背景上越显得洁白。小道像树叶上的脉络，不知有多少。跟着道走，总有好地方，不辜负你。园子里花坛也不少。罗森花坛是出名的一个，玫瑰最好。一座天然的围墙，圆圆地绕着，上面密密地厚厚地长着绿的小圆叶子；墙顶参差不齐。坛中有两个小方池，满飘着雪白的水莲花，玲珑地托在叶子上，像惺忪的星眼。两池之间是一个皇后的雕像；四周的花香花色好像她的供养。梯尔园人工胜于天然。真正的天然却又是一番境界。曾走过市外"新西区"的一座林子。稀疏的树，高而瘦的干子，树下随意弯曲的路，简直教人想到倪云林的画本。看着没有多大，但走了两点钟，却还没走完。柏林市内市外常看见运动员风的男人女人。女人大概都光着脚亮着胳膊，雄赳赳地走着，可是并不和男人一样。她们不像巴黎女人的苗条，也不像伦敦女人的拘谨，却是自然得好。有人说她们太粗，可是有股劲儿。司勃来河横贯柏林市，河上有不少划船的人。往往一男一女对坐着，男的只穿着游泳衣，也许赤着膊只穿短裤子。看的人决不奇怪而且有喝彩的。曾亲见一个女大学生指着这样划着船的人说，"美啊！"赞美身体，赞美运动，已成了他们的道德。星期六星期日上水边野外看去，男男女女老老少少谁都带一点运动员风。再进一步，便是所谓"自然运动"。大家索性不要那劳什子衣服，那才真是自然生活了。这有一定地方，当然不会随处见着。但书籍杂志是容易买到的。也有这种电影。那些人运动的姿势很好看，很柔软，有点儿像太极拳。在长天大海的背景上来这一套，确是美的，和谐的。日前报上说德国当局要取缔他们，看来未免有些个多事。

柏林重要的博物院集中在司勃来河中一个小洲上。这就叫作博物院洲。虽然叫作洲，因为周围陆地太多，河道几乎挤得没有了，加上十六道桥，走上去毫不觉得身在洲中。洲上总共七个博物院，六个是通连着的。最奇伟的是勃嘉蒙（Pergamon）与近东古迹两个。勃嘉蒙在小亚细亚，是希腊的重要城市，就是现在的贝加玛。柏林博物院团在那儿发掘，掘出一座大享殿，是祭大神宙斯用的。这座殿是二千二百年前造的，规模宏壮，雕刻精美。掘出的时候已经残破；经学者苦心研究，知道原来是什么样子，便照着修补起来，安放在一间特建的大屋子里。屋子之大，让人要怎么看这座殿都成。屋顶满是玻璃，让光从上面来，最均匀不过；墙是淡蓝色，衬出这座白石的殿越发有神儿。殿是方锁形，周围都是爱翁匿克式石柱，像是个廊子。当锁口的地方，是若干层的台阶儿。两头也有几层，上面各有殿基；殿基上，柱子下，便是那著名的"壁雕"。壁雕（Frieze）是希腊建筑里特别的装饰；在狭长的石条子上半深浅地雕刻着些故事，嵌在墙壁中间。这种壁雕颇有名作。如现存在不列颠博物院里的雅典巴昔农神殿的壁雕便是。这里的是一百三十二码长，有一部分已经移到殿对面的墙上去。所刻的故事是奥灵匹亚诸神与地之诸子巨人们的战争。其中人物精力饱满，历劫如生。另一间大屋里安放着罗马建筑的残迹。一是大三座门，上下两层，上层全为装饰用。两层各用六对哥林斯式的石柱，与门相间着，隔出略带曲折的廊子。上层三座门是实的，里面各安着一尊雕像，全体整齐秀美之至。一是小神殿。两样都在第二世纪的时候。

　　近东古迹院里的东西是十九世纪末二十世纪初年德国东方学会在巴比仑和亚述发掘出来的。中间巴比仑的以色他门（Ischtar Gateway）最为壮丽。门建筑在二千五百年前奈补卡德乃沙王第二的手里。门圈儿高三十九英尺，城垛儿四十九英尺，全用蓝色珐琅砖砌成。墙上浮雕着一对对的龙（与中国所谓龙不同）和牛，黄的白的相间着；上下两端和边上也是这两色的花纹。龙是巴比仑城隍马得的圣物，牛是大神亚达的圣物。这些动物的像稀疏地排列着，一面墙上只有两行，犄角上只有一行；形状也单纯划一。色彩在那蓝的地子上，却非常之鲜明。看上去真像大幅缂丝的图案似的。还有巴比仑王宫里正殿的面墙，是与以色他门同时做的，颜色鲜丽也一样，只不过以植物图案为主罢了。马得祭道两旁屈折的墙基也用蓝珐琅砖；上面却雕着向前走的狮子。这个祭道直通以色他门，现在也修补好了一小段，仍旧安在以色他门前面。另有一件模型，是整个儿的巴比仑城。这也可以慰情聊胜无了。亚述巴先宫的面墙放在以色他门的对面，当然也是修补起来的：周围正正的拱门，一层层又细又密的柱子，在许多直线里透出秀气。

新博物院第一层中央是一座厅。两道宽阔而华丽的楼梯仿佛占住了那间大屋子，但那间屋子还是照样地觉得大不可言。屋里什么都高大；迎着楼梯两座复制的大雕像，两边墙上大幅的历史壁画，一进门就让人觉得万千的气象。德意志人的魄力，真有他们的。楼上本是雕版陈列室，今年改作哥德展览会。有哥德和他朋友们的像，他的画，他的书的插图等等。《浮士德》的插图最多，同一件事各人画来趣味各别。楼下是埃及古物陈列室，大大小小的"木乃伊"都有；小孩的也有。有些在头部放着一块板，板上画着死者的面相；这是用熔蜡画的，画法已失传。这似乎是古人一件聪明的安排，让千秋万岁后，还能辨认他们的面影。另有人种学博物院在别一条街上，分两院。所藏既丰富，又多罕见的。第一院吐鲁番的壁画最多。那些完好的真是妙庄严相；那些零碎的也古色古香。中国日本的东西不少，陈列得有系统极了，中日人自己动手，怕也不过如此。第二院藏的日本的漆器与画很好。史前的材料都收在这院里。有三间屋专陈列一八七一到一八九〇希利曼（Heinrich Schlieman）发掘特罗衣（Troy）城所得的遗物。

故宫在博物院洲之北，一九二一年改为博物院，分历史的工艺的两部分。历史的部分都是王族用过的公私屋子。这些屋子每间一个样子；屋顶，墙壁，地板，颜色，陈设，各有各的格调。但辉煌精致，是异曲同工的。有一间屋顶作穹隆形状，蓝地金星，俨然夜天的光景。又一间张着一大块伞形的绸子，像在遮着太阳。又一间用了"古络钱"纹做全室的装饰。壁上或画画，或挂画。地板用细木头嵌成种种花样，光滑无比。外国的宫殿外观常不如中国的宏丽，但里边装饰的精美，我们却断乎不及。故宫西头是皇储旧邸。一九一九年因为国家画院的画拥挤不堪，便将近代的作品挪到这儿，陈列在前边的屋子里。大部分是印象派表现派，也有立体派。表现派是德国自己的画派。原始的精神，狂热的色调，粗野模糊的构图，你像在大野里大风里大火里。有一件立体派的雕刻，是三个人像。虽然多是些三角形，直线，可是一个有一个的神气，彼此还互相照应，像真会说话一般。表现派的精神现在还多多少少存在：柏林魏坦公司六月间有所谓"民众艺术展览会"，出售小件用具和玩物。玩物里如小动物孩子头之类，颇有些奇形怪状，别具风趣的。还有展览场六月间的展览里，有一部是剪贴画。用颜色纸或布拼凑成形，安排在一块地子上，一面加上些沙子等，教人有实体之感，一面却故意改变形体的比例与线条的曲直，力避写实的手法。有些现代人大约"是"要看了这种手艺才痛快的。

这一回展览里有好些小家屋的模型，有大有小。大概造起来省钱；屋子里空气，光，太阳都够现代人用。没有那些无用的装饰，只看见横竖的直线。用颜色，或用对照的颜色，教人看一所屋子是"整个儿"，不零碎，不琐屑。小家屋如此，"大厦"也如此。德国的建筑与荷兰不同。他们注重实用，以简单为美，有时候未免太朴素些。近年来柏林这种新房子造得不少。这已不是少数艺术家的试验而是一般人的需要了。"新西区"一带便都是的。那一带住屋小而巧，里面的装饰干净利落，不显一点板滞。"大厦"多在东头亚历山大场，似乎美观的少。有些满用横线，像夹沙糕，有些满用直线，这自然说的是窗子。用直线的据说是美国影响。但美国房屋高入云霄，用直线合适；柏林的低多了，又向横里伸张，用直线便大大地不谐和了。"大厦"之外还有"广场"，刚才说的展览场便是其一。这个广场有八座大展览厅，连附属的屋子共占地十八万二千平方英尺；空场子合计起来共占地六十五万平方英尺。乍走进去的时候，摸不着头脑，仿佛连自己也会丢掉似的。建筑都是新式。整个的场子若在空中看，是一幅图案，轻灵而不板重。德意志体育场，中央飞机场，也都是这一类新造的广场。前两个在西，后一个在南，自然都在市外。此外电影院跳舞场往往得风气之先，也有些新式样。如铁他尼亚宫电影院，那台，那灯，那花楼，不是用圆，用弧线，便是用与弧线相近的曲线，要的也是一个干净利落罢了。台上一圈儿一圈儿有些像排箫的是管风琴。管风琴安排起来最累赘，这儿的布置却新鲜悦目，也许电影管风琴简单些，才可以这么办。颜色用白银与淡黄对照，教人常常清醒。祖国舞场也是新式，但多用直线形；颜色似乎多一种黑。这里面有许多咖啡室。日本室便按日本式陈设，土耳其室便按土耳其式。还有莱茵室，在壁上画着莱茵河的风景，用好些小电灯点缀在天蓝的背景上，看去略得河上的夜的意思——自然，屋里别处是不用灯的。还有雷电室，壁上画着雷电的情景，用电光运转；电射雷鸣，与音乐应和着。爱热闹的人都上那儿去。

柏林西南有个波次丹（Potsdam），是佛来德列大帝的城。城外有个无愁园，园里有个无愁宫，便是大帝常住的地方。大帝迷法国，这座宫，这座园子都仿凡尔赛的样子。但规模小多了，神儿差远了。大帝和伏尔泰是好朋友，他请伏尔泰在宫里住过好些日子，那间屋便在宫西头。宫西边有一架大风车。据说大帝不喜欢那风车日夜转动的声音，派人跟那产主说要买它。出乎意外，产主愣不肯。大帝恼了，又派人去说，不卖便要拆。产主也恼了，说，他会拆，我会告他。大帝想不到乡下人这么倔强，大加赏识，那风车只好由它响了。因此现在便叫它做"历史的风车"。隔无愁宫没多少路，有一座新宫，里面有一间"贝厅"，墙上地上满嵌着美丽的贝壳和宝石，虽然奇诡，却以素雅胜。

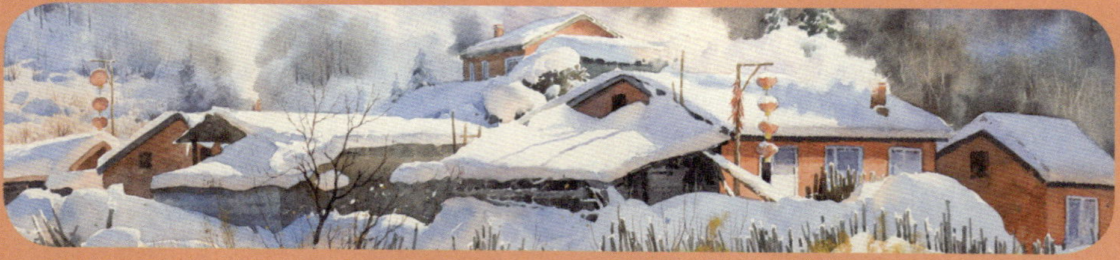

读书与文学

初读一本书,翻阅第一回觉得没味,便搁在一旁;隔了多日,偶然再翻第二回,却觉得渐入佳境,后来竟爱不释手。

清华的一日

早晨上两课。第一课国文,讲《史通叙事篇》。篇中力说叙事应该省句省字,但本文铺张排比的地方就不少。这是被当时骈体所限,不能冲出网罗的缘故。骈文宜于表情,记事说理,都不能精确。

第三课宋诗,讲王介甫《明妃曲》。宋人攻击王介甫,说他将明妃写成一个不忠君不爱国的人;其实是断章取义,故入人罪,细读全诗,王介甫所写的明妃还是那不忘汉的老明妃,不过加了些配角,说了些汉恩浅的话,以资映衬,以资翻新出奇而已。

本日星期三,十一时至十二时是看书样子的时候。浦江清、余冠英二先生分看五家的样子。样子不多,不到十二时就完了。在书单上签字的时候,见不拟购买的书名里有《白石山翁印存》和《印(寿石工先生)印存》。这两位是故都刻印的名手,时间又还早,便翻阅了一回。寿氏不废规矩,风华中却见工力,甲骨钟鼎小篆各体都有,所收以诗词句的印为多。齐氏朴拙苍老,独创一格,有时却不免粗野。所收以人名印为多;周作人、罗家伦、徐悲鸿的都在这里。

齐氏的脾气据说颇有点古怪。他家里润格单上印着许多话,教人不可和他讲价，惹他老年人生气。这《印存》里有"见贤思齐"一印，边款云：

　　旧京刊印者无多人，有一二少年皆受业于余，学成自夸师古，背其恩本。君子耻之，人格低矣。中年人于非厂，刻石真工，亦余门客。独仲子先生之刻，古工秀劲，殊能绝伦；其人品亦驾人上，余所佩仰，为刊此石。因先生有感人类之高下，偶尔记于先生之印侧，可笑也。

可以见此老之火气。又"不知有汉"一印，边款云：

　　余之刊印不能工，但脱离汉人窠臼而已。同侣多不称许。独松厂老人尝谓曰："西施善颦，未闻东施见妒。"仲子先生刊印，古劲秀雅，高出一时，既倩余刊"见贤思齐"印，又倩刊此。欧阳永叔所谓有知己之恩，为余言也。

可以见此老之独创和自诩。
午后读王介甫诗。四时开评议会，通过清寒公费生章程的修正条文。晚读日本历史教科书。

买书

买书也是我的嗜好，和抽烟一样。但这两件事我其实都不在行，尤其是买书。在北平这地方，像我那样买，像我买的那些书，说出来真寒碜死人；不过本文所要说的既非诀窍，也算不得经验，只是些小小的故事，想来也无妨的。

在家乡中学时候，家里每月给零用一元。大部分都报效了一家广益书局，取回些杂志及新书。那老板姓张，有点儿抽肩膀，老是捧着水烟袋；可是人好，我们不觉得他有市侩气。他肯给我们这班孩子记账。每到节下，我总欠他一元多钱。他催得并不怎么紧；向家里商量商量，先还个一元也就成了。那时候最爱读的一本《佛学易解》（贾丰臻著，中华书局印行）就是从张手里买的。那时候不买旧书，因为家里有。只有一回，不知哪儿来检《文心雕龙》的名字，急着想看，便去旧书铺访求：有一家拿出一部广州套版的，要一元钱，买不起；后来另买到一部，书品也还好，纸墨差些，却只花了小洋三角。这部书还在，两三年前给换上了磁青纸的皮儿，却显得配不上。

到北平来上学入了哲学系，还是喜欢找佛学书看。那时候佛经流通处在西城卧佛寺街鹫峰寺。在街口下了车,一直走,快到城根儿了,才看见那个寺。那是个阴沉沉的秋天下午,街上只有我一个人。到寺里买了《因明入正理论疏》《百法明门论疏》《翻译名义集》等。这股傻劲儿回味起来颇有意思;正像那回从天坛出来,挨着城根,独自个儿,探险似的穿过许多没人走的碱地去访陶然亭一样。在毕业的那年,到琉璃厂华洋书庄去,看见新版韦伯斯特大字典,定价才十四元。可是十四元并不容易找。想来想去,只好硬了心肠将结婚时候父亲给做的一件紫毛(猫皮)水獭领大氅亲手拿着,走到后门一家当铺里去,说当十四元钱。柜上人似乎没有什么留难就答应了。这件大氅是布面子,土式样,领子小而毛杂——原是用了两副"马蹄袖"拼凑起来的。父亲给做这件衣服,可很费了点张罗。拿去当的时候,也踌躇了一下,却终于舍不得那本字典。想着将来准赎出来就是了。想不到竟不能赎出来,这是直到现在翻那本字典时常引为遗憾的。

　　重来北平之后,有一年忽然想搜集一些杜诗。一家小书铺叫文雅堂的给找了不少,都不算贵;那伙计是个麻子,一脸笑,是铺子里少掌柜的。铺子靠他父亲支持,并没有什么好书,去年他父亲死了,他本人不大内行,让伙计吃了,现在长远不来了,他不知怎么样。说起杜诗,有一回,一家书铺送来高丽本《杜律分韵》,两本书,索价三百元。书极不相干而索价如此之高,荒谬之至,况且书面上原购者明明写着"以银二两得之"。第二天另一家送来一样的书,只要二元钱,我立刻买下。北平的书价,离奇有如此者。

　　旧历正月里厂甸的书摊值得看;有些人天天巡礼去。我住的远,每年只去一个下午——上午摊儿少。土地祠内外人山人海摩肩接踵地来往。

也买过些零碎东西；其中有一本是《伦敦竹枝词》，花了三毛钱。买来以后，恰好《论语》要稿子，选抄了些寄去，加上一点说明，居然得着五元稿费。这是仅有的一次，买的书赚了钱。

在伦敦的时候，从寓所出来，走过近旁小街。有一家小书店门口摆着一架旧书。上前去徘徊了一下，看见一本《牛津书话选》（The book Lovers' Anthology），烫花布面，装订不马虎，四百多面，本子也不小，准有七八成新，才一先令六便士，那时合中国一元三毛钱，比东安市场旧洋书还贱些。这选本节录许多名家诗文，说到书的各方面的；性质有点像叶德辉氏《书林清话》，但不像《清话》有系统；他们旨趣原是两样的。因为买这本书，结识了那掌柜的；他以后给我找了不少便宜的旧书。有一种书，他找不到旧的；便和我说，他们批购新书按七五扣，他愿意少赚一扣，按九扣卖给我。我没有要他这么办，但是很感谢他的好意。

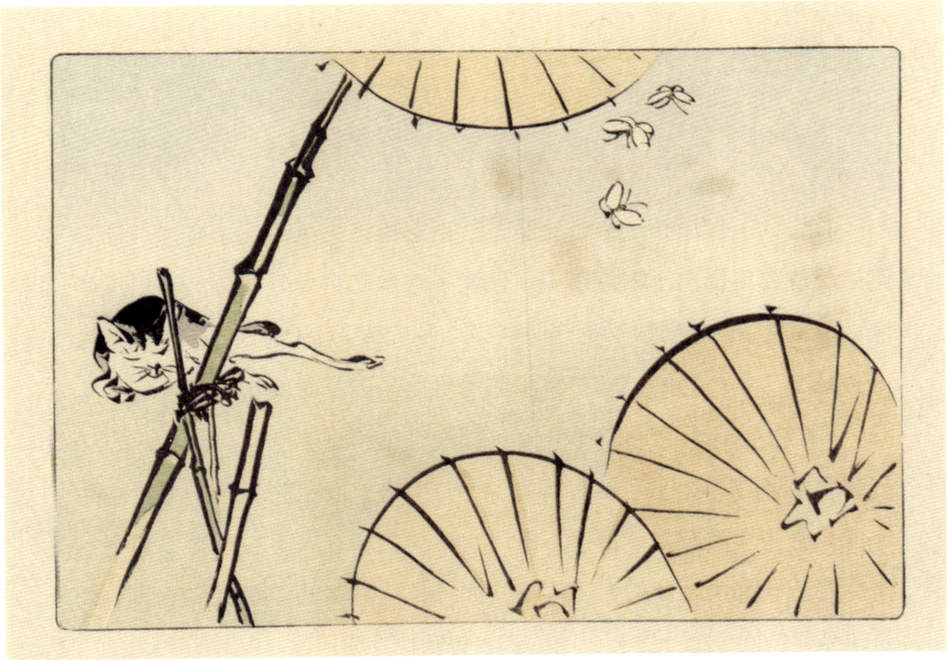

论百读不厌

前些日子参加了一个讨论会,讨论赵树理先生的《李有才板话》。座中一位青年提出了一件事实:他读了这本书觉得好,可是不想重读一遍。大家费了一些时候讨论这件事实。有人表示意见,说不想重读一遍,未必减少这本书的好,未必减少它的价值。但是时间匆促,大家没有达到明确的结论。一方面似乎大家也都没有重读过这本书,并且似乎从没有想到重读它。然而问题不但关于这一本书,而是关于一切文艺作品。为什么一些作品有人"百读不厌",另一些却有人不想读第二遍呢?是作品的不同吗?是读的人不同吗?如果是作品不同,"百读不厌"是不是作品评价的一个标准呢?这些都值得我们思索一番。

苏东坡有《送章秀才失解西归》诗,开头两句是:

旧书不厌百回读,
熟读深思子自知。

"百读不厌"这个成语就出在这里。"旧书"指的是经典,所以要"熟读深思"。《三国志·魏志·王肃传·注》：

> 人有从（董遇）学者，遇不肯教，而云"必当先读百遍"，言"读书百遍而意自见"。

经典文字简短，意思深长，要多读，熟读，仔细玩味，才能了解和体会。所谓"意自见""子自知"，着重自然而然，这是不能着急的。这诗句原是安慰和勉励那考试失败的章秀才的话，劝他回家再去安心读书，说"旧书"不嫌多读，越读越玩味越有意思。固然经典值得"百回读"，但是这里着重的还在那读书的人。简化成"百读不厌"这个成语，却就着重在读的书或作品了。这成语常跟另一成语"爱不释手"配合着，在读的时候"爱不释手"，读过了以后"百读不厌"。这是一种赞词和评语，传统上确乎是一个评价的标准。当然，"百读"只是"重读""多读''"屡读"的意思，并不一定一遍接着一遍地读下去。

经典给人知识，教给人怎样做人，其中有许多语言的、历史的、修养的课题，有许多注解，此外还有许多相关的考证，读上百遍，也未必能够处处贯通，教人多读是有道理的。但是后来所谓"百读不厌"，往往不指经典而指一些诗，一些文，以及一些小说；这些作品读起来津津有味，重读，屡读也不腻味，所以说"不厌"；"不厌"不但是"不讨厌"，并且是"不厌倦"。诗文和小说都是文艺作品，这里面也有一些语言的和历史的课题，诗文也有些注解和考证；小说方面呢，却直到近代才有人注意这些课题，于是也有了种种考证。但是过去一般读者只注意诗文的注解，不大留心那些课题，对于小说更其如此。他们集中在本文的吟诵或浏览上。这些人吟诵诗文是为了欣赏，甚至于只为了消遣，浏览或阅读小说更只是为了消遣，他们要求的是趣味，是快感。这跟诵读经典不一样。诵读经典是为了知识，为了教训，得认真，严肃，正襟危坐地读，不像读诗文和小说可以马马虎虎的，随随便便的，在床上，在火车轮船上都成。这么着可还能够教人"百读不厌"，那些诗文和小说到底是靠了什么呢？

在笔者看来，诗文主要是靠了声调，小说主要是靠了情节。过去一般读者大概都会吟诵，他们吟诵诗文，从那吟诵的声调或吟诵的音乐得到趣味或快感，意义的关系很少；只要懂得字面儿，全篇的意义弄不清楚也不要紧的。梁启超先生说过李义山的一些诗，虽然不懂得究竟是什么意思，可是读起来还是很有趣味（大意）。这种趣味大概一部分在那些字面儿的影像上，一部分就在那七言律诗的音乐上。字面儿的影像引起人们奇丽的感觉；这种影像所表示的往往是珍奇，华丽的景物，平常人不容易接触到的，所谓"七宝楼台"之类。民间文艺里常常见到的"牙床"等等，也正是这种作用。民间流行的小调以音乐为主，而不注重词句，欣赏也偏重在音乐上，跟吟诵诗文也正相同。感觉的享受似乎是直接的，本能的，即使是字面儿的影像所引起的感觉，也还多少有这种情形，至于小调和吟诵，更显然直接诉诸听觉，难怪容易唤起普遍的趣味和快感。至于意义的欣赏，得靠综合诸感觉的想象力，这个得有长期的教养才成。然而就像教养很深的梁启超先生，有时也还让感觉领着走，足见感觉的力量之大。

小说的"百读不厌"，主要的是靠了故事或情节。人们在儿童时代就爱听故事，尤其爱奇怪的故事。成人也还是爱故事，不过那情节得复杂些。这些故事大概总是神仙、武侠、才子、佳人，经过种种悲欢离合，而以大团圆终场。悲欢离合总得不同寻常，那大团圆才足奇。小说本来起于民间，起于农民和小市民之间。在封建社会里，农民和小市民是受着重重压迫的，他们没有多少自由，却有做白日梦的自由。他们寄托他们的希望于超现实的神仙，神仙化的武侠，以及望之若神仙的上层社会的才子佳人；他们希望有朝一日自己会变成了这样的人物。这自然是不能实现的奇迹，可是能够给他们安慰、趣味和快感。他们要大团圆，正因为他们一辈子是难得大团圆的，奇情也正是常情啊。他们同情故事中的人物，"设身处地"地"替古人担忧"，这也因为事奇人奇的缘故。过去的小说似乎始终没有完全移交到士大夫的手里。士大夫读小说，只是看闲书，就是作小说，也只是游戏文章，总而言之，消遣而已。他们徕化装为小市民来欣赏，来写作；在他们看，小说奇于事实，只是一种玩意儿，所以不能认真、严肃，只是消遣而已。

　　封建社会渐渐垮了，五四时代出现了个人，出现了自我，同时成立了新文学。新文学提高了文学的地位；文学也给人知识，也教给人怎样做人，不是做别人的，而是做自己的人。可是这时候写作新文学和阅读新文学的，只是那变了质的下降的士和那变了质的上升的农民和小市民混合成的知识阶级，别的人是不愿来或不能来参加的。而新文学跟过去的诗文和小说不同之处，就在它是认真地负着使命。早期的反封建也罢，后来的反帝国主义也罢，写实的也罢，浪漫的和感伤的也罢，文学作品总是一本正经地在表现着并且批评着生活。这么着文学扬弃了消遣的气氛，回到了严肃——古代贵族的文学如《诗经》，倒本来是严肃的。这负着严肃的使命的文学，自然不再注重"传奇"，不再注重趣味和快感，读起来也得正襟危坐,跟读经典差不多,不能再那么马马虎虎,随随便便的。但是究竟是形象化的,诉诸情感的,跟经典以冰冷的抽象的理智的教训为主不同,又是现代的白话,没有那些语言的和历史的问题,所以还能够吸引许多读者自动去读。不过教人"百读不厌"甚至教人想去重读一遍的作用,的确是很少了。

新诗或白话诗,和白话文,都脱离了那多多少少带着人工的、音乐的声调,而用着接近说话的声调。喜欢古诗、律诗和骈文、古文的失望了,他们尤其反对这不能吟诵的白话新诗;因为诗出于歌,一直不曾跟音乐完全分家,他们是不愿扬弃这个传统的。然而诗终于转到意义中心的阶段了。古代的音乐是一种说话,所谓"乐语",后来的音乐独立发展,变成"好听"为主了。现在的诗既负上自觉的使命,它得说出人人心中所欲言而不能言的,自然就不注重音乐而注重意义了。—— 一方面音乐大概也在渐渐注重意义,回到说话罢?字面儿的影像还是用得着,不过一般的看起来,影像本身,不论是鲜明的,朦胧的,可以独立的诉诸感觉的,是不够吸引人了;影像如果必需得用,就要配合全诗的各部分完成那中心的意义,说出那要说的话。在这动乱时代,人们着急要说话,因为要说的话实在太多。小说也不注重故事或情节了,它的使命比诗更见分明。它可以不靠描写,只靠对话,说出所要说的。这里面神仙、武侠、才子、佳人,都不大出现了,偶然出现,也得打扮成平常人;是的,这时候的小说的人物,主要的是些平常人了,这是平民世纪啊。至于文,长篇议论文发展了工具性,让人们更如意地也更精密地说出他们的话,但是这已经成为诉诸理性的了。诉诸情感的是那发展在后的小品散文,就是那标榜"生活的艺术",抒写"身边琐事"的。这倒是回到趣味中心,企图着教人"百读不厌"的，确乎也风行过一时。然而时代太紧张了，不容许人们那么悠闲；大家嫌小品文近乎所谓"软性"，丢下了它去找那"硬性"的东西。

文艺作品的读者变了质了，作品本身也变了质了，意义和使命压下了趣味，认识和行动压下了快感。这也许就是所谓"硬"的解释。"硬性"的作品得一本正经地读，自然就不容易让人"爱不释手""百读不厌"。于是"百读不厌"就不成其为评价的标准了，至少不成其为主要的标准了。但是文艺是欣赏的对象，它究竟是形象化的，诉诸情感的，怎么"硬"也不能"硬"到和论文或公式一样。诗虽然不必再讲那带几分机械性的声调，却不能不讲节奏，说话不也有轻重高低快慢吗？节奏合适，才能集中，才能够高度集中。文也有文的节奏，配合着意义使意义集中。小说是不注重故事或情节了，但也总得有些契机来表现生活和批评它；这些契机得费心思去选择和配合，才能够将那要说的话，要传达的意义，完整地说出来，传达出来。集中了的完整了的意义，才见出情感，才让人乐意接受，"欣赏"就是"乐意接受"的意思。能够这样让人欣赏的作品是好的，是否"百读不厌"，可以不论。在这种情形之下，笔者同意：《李有才板话》即使没有人想重读一遍，也不减少它的价值，它的好。

但是在我们的现代文艺里，让人"百读不厌"的作品也有的。例如鲁迅先生的《阿Q正传》，茅盾先生的《幻灭》《动摇》《追求》三部曲，笔者都读过不止一回，想来读过不止一回的人该不少罢。在笔者本人，大概是《阿Q正传》里的幽默和三部曲里的几个女性吸引住了我。这几个作品的好已经定论，它们的意义和使命大家也都熟悉，这里说的只是它们让笔者"百读不厌"的因素。《阿Q正传》主要的作用不在幽默，那三部曲的主要作用也不在铸造几个女性，但是这些却可能产生让人"百读不厌"的趣味。这种趣味虽然不是必要的，却也可以增加作品的力量。不过这里的幽默决不是油滑的，无聊的，也决不是为幽默而幽默，而女性也决不就是色情，这个界限是得弄清楚的。抗战期中，文艺作品尤其是小说的读众大大地增加了。增加的多半是小市民的读者，他们要求消遣，要求趣味和快感。扩大了的读众，有着这样的要求也是很自然的。长篇小说的流行就是这个要求的反应，因为篇幅长，故事就长，情节就多，趣味也就丰富了。这可以促进长篇小说的发展，倒是很好的。可是有些作者却因为这样的要求，忘记了自己的边界，放纵到色情上，以及粗劣的笑料上，去吸引读众，这只是迎合低级趣味。而读者贪读这一类低级的软性的作品，也只是沉溺，说不上"百读不厌"。"百读不厌"究竟是个赞词或评语，虽然以趣味为主，总要是纯正的趣味才说得上的。

论东西

中国读书人向来不大在乎东西。"家徒四壁"不失为书生本色,做了官得"两袖清风"才算好官;爱积聚东西的只是俗人和贪吏,大家是看不起的。这种不在乎东西可以叫做清德。至于像《世说新语》里记的:

> 王恭从会稽还,王大看之,见其坐六尺簟,因语恭,"卿东来,故应有此物。可以一领及我。"恭无言。大去后,即举所坐者送之。既无余席,便坐荐上。后大闻之,甚惊曰,"吾本谓卿多,故求耳。"对曰,"丈人不悉恭,恭作人无长物。"

"作人无长物"也是不在乎东西,不过这却是达观了。后来人常说"身外之物,何足计较"一类话,也是这种达观的表现,只是在另一角度下。不为物累,才是自由人,"清"是从道德方面看,"达"是从哲学方面看,清是不浊,达是不俗,是雅。

读书人也有在乎东西的时候,他们有的有收藏癖。收藏的可只是书籍,字画,古玩,邮票之类。这些人爱逛逛书店,逛逛旧货铺,地摊儿,积少也可成多，但是不能成为大收藏家。大收藏家总得沾点官气或商气才成，大收藏家可认真地在乎东西，书生的爱美的收藏家多少带点儿游戏三昧——他们随时将收藏的东西公诸同好，有时也送给知音的人，并不严封密裹，留着"子孙永宝用"。这些东西都不是实用品，这些爱美的收藏家也还不失为雅癖。日常的实用品，读书人是向来不在乎也不屑在乎的。事实上他们倒也短不了什么，一般地说，吃的穿的总有的。吃的穿的有了，别的短点儿也就没什么了。这些人可老是舍不得添置日用品，因此常跟太太们闹别扭。而在搬家或上路的时候，太太们老是要多带东西，他们老是要多丢东西，更会大费唇舌——虽然事实上是太太胜利的多。

现在读书人可也认真地在乎东西了，而且连实用品都一视同仁了。这两年东西实在涨得太快，电兔儿都追不上，一般读书人吃的穿的渐渐没把握；他们虽然还在勉力保持清德，但是那种达观却只好暂时搁在一边儿了。于是乎谈烟，谈酒，更开始谈柴米油盐布。这儿是第一回，先生们和太太们谈到一路上去了。酒不喝了，烟越抽越坏，越抽越少，而且在打主意戒了将来收藏起烟斗烟嘴儿当古玩看。柴米油盐布老在想法子多收藏点儿，少消费点儿。什么都爱惜着，真做到了"一粥一饭当思来处不易"。这些人不但不再是痴聋的阿家翁，而且简直变成克家的令子了。那爱美的雅癖，不用说也得暂时地撂在一边儿。这些人除了职业的努力以外，就只在柴米油盐布里兜圈子，好像可怜见儿的。其实倒也不然。他们有那一把清骨头，够自己骄傲的。再说柴米油盐布里也未尝没趣味，特别是在现在这时候。例如今天忽然知道了油盐有公卖处，便宜那么多；今天知道了王老板家的花生油比张老板的每斤少五毛钱；今天知道柴涨了，幸而昨天买了三百斤收藏着。这些消息都可以教人带着胜利的微笑回家。这是挣扎,可也是消遣不是?能够在柴米油盐布里找着消遣的是有福的。在另一角度下,这也是达观或雅癖哪。

读书人大概不乐意也没本事改行,他们很少会摇身一变成为囤积居奇的买卖人的。他们现在虽然也爱惜东西,可是更爱惜自己;他们爱惜东西,其实也只能爱惜自己的。他们不用说爱惜自己需要的柴米油盐布,还有就只是自己箱儿笼儿里一些旧东西,书籍呀,衣服呀,什么的。这些东西跟着他们在自己的中国里流转了好多地方,几个年头,可是他们本人一向也许并不怎样在意这些旧东西,更不会跟它们亲热过一下子。可是东西越来越贵了,而且有的越来越少了,他们这才打开自己的箱笼细看,嘿!多么可爱呀,还存着这么多东西哪!于是乎一样样拿起来端详,越端详越有意思,越有劲儿,像多年不见的老朋友似的,不知道怎样亲热才好。有了这些,得闲儿就去摩挲一番,尽抵得上逛旧货铺,地摊儿,也尽抵得上喝一回好酒,抽几支好烟的。再说自己看自己原也跟别人看自己一般,压根儿是穷光蛋一个;这一来且不管别人如何,自己确是觉得富有了。瞧,寄售所,拍卖行,有的是,暴发户的买主有的是,今天拿去卖点儿,明天拿去卖点儿,总该可以贴补点儿吃的穿的。等卖光了,抗战胜利的日子也就到了,那时候这些读书人该是老脾气了,那时候他们会这样想,"一些身外之物算什么哪,又都是破烂儿!咱们还是等着逛书店,旧货铺,地摊儿罢。"

论无话可说

十年前我写过诗；后来不写诗了，写散文；入中年以后，散文也不大写得出了——现在是，比散文还要"散"的无话可说！许多人苦于有话说不出，另有许多人苦于有话无处说；他们的苦还在话中，我这无话可说的苦却在话外。我觉得自己是一张枯叶，一张烂纸，在这个大时代里。

在别处说过，我的"忆的路"是"平如砥""直如矢"的；我永远不曾有过惊心动魄的生活，即使在别人想来最风华的少年时代。我的颜色永远是灰的。我的职业是三个教书；我的朋友永远是那么几个，我的女人永远是那么一个。有些人生活太丰富了，太复杂了，会忘记自己，看不清楚自己，我是什么时候都"了了玲玲地"知道，记住，自己是怎样简单的一个人。

但是为什么还会写出诗文呢？——虽然都是些废话。这是时代为之！十年前正是五四运动的时期，大伙儿蓬蓬勃勃的朝气，紧逼着我这个年轻的学生；于是乎跟着人家的脚印，也说说什么自然，什么人生。但这只是些范畴而已。我是个懒人，平心而论，又不曾遭过怎样了不得的逆境；既不深思力索，又未亲自体验，范畴终于只是范畴，此处也只是廉价的，新瓶里装旧酒的感伤。当时芝麻黄豆大的事，都不惜郑重地写出来，现在看看，苦笑而已。

先驱者告诉我们说自己的话。不幸这些自己往往是简单的，说来说去是那一套；终于说的听的都腻了。——我便是其中的一个。这些人自己其实并没有什么话，只是说些中外贤哲说过的和并世少年将说的话。真正有自己的话要说的是不多的几个人；因为真正一面生活一面吟味那生活的只有不多的几个人。一般人只是生活，按着不同的程度照例生活。

这点简单的意思也还是到中年才觉出的；少年时多少有些热气，想不到这里。中年人无论怎样不好，但看事看得清楚，看得开，却是可取的。这时候眼前没有雾，顶上没有云彩，有的只是自己的路。他负着经验的担子，一步步踏上这条无尽的然而实在的路。他回看少年人那些情感的玩意，觉得一种轻松的意味。他乐意分析他背上的经验，不止是少年时的那些；他不愿远远地捉摸，而愿剥开来细细地看。也知道剥开后便没了那跳跃着的力量，但他不在乎这个，他明白在冷静中有他所需要的。这时候他若偶然说话，决不会是感伤的或印象的，他要告诉你怎样走着他的路，不然就是，所剥开的是些什么玩意。但中年人是很胆小的；他听别人的话渐渐多了，说了的他不说，说得好的他不说。所以终于往往无话可说——特别是一个寻常的人像我。但沉默又是寻常的人所难堪的，我说苦在话外，以此。

中年人若还打着少年人的调子——姑不论调子的好坏——原也未尝不可，只总觉"像煞有介事"。他要用很大的力量去写出那冒着热气或流着眼泪的话；一个神经敏锐的人对于这个是不容易忍耐的，无论在自己在别人。这好比上了年纪的太太小姐们还涂脂抹粉地到大庭广众里去卖弄一般，是殊可不必的了。

其实这些都可以说是废话，只要想一想咱们这年头。这年头要的是"代言人"，而且将一切说话的都看作"代言人"；压根儿就无所谓自己的话。这样一来，如我辈者，倒可以将从前狂妄之罪减轻，而现在是更无话可说了。

但近来在戴译《唯物史观的文学论》里看到，法国俗语"无话可说"竟与"一切皆好"同意。呜呼，这是多么损的一句话，对于我，对于我的时代！

论书生的酸气

读书人又称书生。这固然是个可以骄傲的名字,如说"一介书生""书生本色",都含有清高的意味。但是正因为清高,和现实脱了节,所以书生也是嘲讽的对象。人们常说"书呆子""迂夫子""腐儒""学究"等,都是嘲讽书生的。"呆"是不明利害,"迂"是绕大弯儿,"腐"是顽固守旧,"学究"是指一孔之见。总之,都是知古不知今,知书不知人,食而不化地读死书或死读书,所以在现实生活里老是吃亏、误事、闹笑话。总之,书生的被嘲笑是在他们对于书的过分的执着上;过分地执着书,书就成了话柄了。

但是还有"寒酸"一个话语,也是形容书生的。"寒"是"寒素",对"膏粱"而言。是魏晋南北朝分别门第的用语。"寒门"或"寒人"并不限于书生,武人也在里头;"寒士"才指书生。这"寒"指生活情形,指家世出身,并不关涉到书;单这个字也不含嘲讽的意味。加上"酸"字成为连语,就不同了,好像一副可怜相活现在眼前似的。"寒酸"似乎原作"酸寒"。韩愈《荐士》诗,"酸寒溧阳尉",指的是孟郊。后来说"郊寒岛瘦",孟郊和贾岛都是失意的人,作的也是失意诗。"寒"和"瘦"映衬起来,够可怜相的,但是韩愈说"酸寒",似乎"酸"比"寒"重。可怜别人说"酸寒",可怜自己也说"酸寒",所以苏轼有"故人留饮慰酸寒"的诗句。陆游有"书生老瘦转酸寒"的诗句。"老瘦"固然可怜相,感激"故人留饮"也不免有点儿。范成大说"酸"是"书生气味",但是他要"洗尽书生气味酸",那大概是所谓"大丈夫不受人怜"罢?

为什么"酸"是"书生气味"呢?怎么样才是"酸"呢?话柄似乎还是在书上。我想这个"酸"原是指读书的声调说的。晋以来的清谈很注重说话的声调和读书的声调。说话注重音调和辞气,以朗畅为好。读书注重声调,从《世说新语·文学》篇所记殷仲堪的话可见;他说,"三日不读《道德经》,便觉舌本闲强",说到舌头,可见注重发音,注重发音也就是注重声调。《任诞》篇又记王孝伯说:"名士不必须奇才,但使常得无事,痛饮酒,熟读《离骚》,便可称名士。"这"熟读《离骚》"该也是高声朗诵,更可见当时风气。《豪爽》篇记"王司州(胡之)在谢公(安)坐,咏《离骚》《九歌》'入不言兮出不辞,乘回风兮载云旗',语人云,'当尔时,觉一坐无人。'"正是这种名士气的好例。读古人的书注重声调,读自己的诗自然更注重声调。《文学》篇记着袁宏的故事:

> 袁虎(宏小名虎)少贫,尝为人佣载运租。谢镇西经船行,其夜清风朗月,闻江渚间估客船上有咏诗声,甚有情致,所诵五言,又其所未尝闻,叹美不能已。即遣委曲讯问,乃是袁自咏其所作咏史诗。因此相要,大相赏得。

从此袁宏名誉大盛,可见朗诵关系之大。此外《世说新语》里记着"吟啸""啸咏""讽咏""讽诵"的还很多，大概也都是在朗诵古人的或自己的作品罢。这里最可注意的是所谓"洛下书生咏"或简称"洛生咏"。《晋书·谢安传》说：

安本能为洛下书生咏。有鼻疾，故其音浊。名流爱其咏而弗能及，或手掩鼻以效之。

《世说新语·轻诋》篇却记着：

人问顾长康"何以不作洛生咏？"答曰，"何至作老婢声！"

刘孝标注，"洛下书生咏音重浊，故云'老婢声'。"所谓"重浊"，似乎就是过分悲凉的意思。当时诵读的声调似乎以悲凉为主。王孝伯说"熟读《离骚》，便可称名士"，王胡之在谢安坐上咏的也是《离骚》《九歌》，都是《楚辞》。当时诵读《楚辞》，大概还知道用楚声楚调，乐府曲调里也正有楚调。而楚声楚调向来是以悲凉为主的。当时的诵读大概受到和尚的梵诵或梵唱的影响很大，梵诵或梵唱主要的是长吟，就是所谓"咏"。《楚辞》本多长句，楚声楚调配合那长吟的梵调，相得益彰，更可以"咏"出悲凉的"情致"来。袁宏的咏史诗现存两首，第一首开始就是"周昌梗概臣"一句，"梗概"就是"慷慨""感慨"；"慷慨悲歌"也是一种"书生本色"。沈约《宋书·谢灵运传》论所举的五言诗名句，钟嵘《诗品·序》里所举的五言诗名句和名篇，差不多都是些"慷慨悲歌"。《晋书》里还有一个故事。晋朝曹摅的《感旧》诗有"富贵他人合，贫贱亲戚离"

两句。后来殷浩被废为老百姓，送他的心爱的外甥回朝，朗诵这两句，引起了身世之感，不觉泪下。这是悲凉的朗诵的确例。但是自己若是并无真实的悲哀，只去学时髦，捏着鼻子学那悲哀的"老婢声"的"洛生咏"，那就过了分，那也就是赵宋以来所谓"酸"了。

唐朝韩愈有《八月十五夜赠张功曹》诗，开头是：

纤云四卷天无河，
清风吹空月舒波，
沙平水息声影绝，
一杯相属君当歌。

接着说：

君歌声酸辞且苦，
不能听终泪如雨。

接着就是那"酸"而"苦"的歌辞：

洞庭连天九疑高，
蛟龙出没猩鼯号。
十生九死到官所，
幽居默默如藏逃。
下床畏蛇食畏药，

海气湿蛰熏腥臊。
　　昨者州前槌大鼓,
　　嗣皇继圣登夔皋。
　　赦书一日行万里,
　　罪从大辟皆除死。
　　迁者追回流者还,
　　涤瑕荡垢朝清班。
　　州家申名使家抑,
　　坎坷只得移荆蛮。
　　判司卑官不堪说,
　　未免捶楚尘埃间。
　　同时辈流多上道,
　　天路幽险难追攀!

　　张功曹是张署,和韩愈同被贬到边远的南方,顺宗即位,只奉命调到近一些的江陵做个小官儿,还不得回到长安去,因此有了这一番冤苦的话。这是张署的话,也是韩愈的话。但是诗里却接着说:

　　君歌且休听我歌,
　　我歌今与君殊科。

　　韩愈自己的歌只有三句:

一年明月今宵多，

　　人生由命非由他，

　　有酒不饮奈明何！

　　他说认命算了，还是喝酒赏月罢。这种达观其实只是苦情的伪装而已。前一段"歌"虽然辞苦声酸，倒是货真价实，并无过分之处，由那"声酸"知道吟诗的确有一种悲凉的声调，而所谓"歌"其实只是讽咏。大概汉朝以来不像春秋时代一样，士大夫已经不会唱歌，他们大多数是书生出身，就用讽咏或吟诵来代替唱歌。他们——尤其是失意的书生——的苦情就发泄在这种吟诵或朗诵里。

　　战国以来，唱歌似乎就以悲哀为主，这反映着动乱的时代。《列子·汤问》篇记秦青"抚节悲歌，声振林木，响遏行云"，又引秦青的话，说韩娥在齐国雍门地方"曼声哀哭，一里老幼悲愁垂涕相对，三日不食"，后来又"曼声长歌，一里老幼，善跃抃舞，弗能自禁"。这里说韩娥虽然能唱悲哀的歌，也能唱快乐的歌，但是和秦青自己独擅悲歌的故事合看，就知道还是悲歌为主。再加上齐国杞梁的妻子哭倒了城的故事，就是现在还在流行的孟姜女哭倒长城的故事，悲歌更为动人，是显然的。书生吟诵，声酸辞苦，正和悲歌一脉相传。但是声酸必须辞苦，辞苦又必须情苦；若是并无苦情，只有苦辞，甚至连苦辞也没有，只有那供人酸鼻的声调，那就过了分，不但不能动人，反要遭人嘲弄了。书生往往自命不凡，得意的自然有，却只是少数，失意的可太多了。所以总是叹老嗟卑，长歌当哭，哭丧着脸一副可怜相。朱子在《楚辞辨证》里说汉人那些模仿的作品"诗意平缓，意不深切，如无所疾痛而强为呻吟者"。"无所疾痛而强为呻吟"就是所谓"无病呻吟"。后来的叹老嗟卑也正是无病呻吟。有病呻吟是紧张的，可以得人同情，甚至叫人酸鼻，无病呻吟，病是装的，假的，呻吟也是装的，假的，假装可以酸鼻的呻吟，酸而不苦像是丑角扮戏，自然只能逗人笑了。

苏东坡有《赠诗僧道通》的诗：

雄豪而妙苦而腴，
只有琴聪与蜜殊。
语带烟霞从古少，
气含蔬笋到公无。

查慎行注引叶梦得《石林诗话》说：

近世僧学诗者极多，皆无超然自得之趣，往往掇拾摹仿士大夫所残弃，又自作一种体，格律尤俗，谓之"酸馅气"。子瞻……尝语人云，"颇解'蔬笋'语否？为无'酸馅气'也。"闻者无不失笑。

东坡说道通的诗没有"蔬笋"气，也就没有"酸馅气"，和尚修苦行，吃素，没有油水，可能比书生更"寒"更"瘦"；一味反映这种生活的诗，好像酸了的菜馒头的馅儿，干酸，吃不得，闻也闻不得，东坡好像是说，苦不妨苦，只要"苦而腴"，有点儿油水，就不至于那么扑鼻酸了。这酸气的"酸"还是从"声酸"来的。而所谓"书生气味酸"该就是指的这种"酸馅气"。和尚虽苦,出家人原可"超然自得",却要学吟诗,就染上书生的酸气了。书生失意的固然多,可是叹老嗟卑的未必真的穷苦到他们嗟叹的那地步;倒是"常得无事",就是"有闲",有闲就无聊,无聊就作成他们的"无病呻吟"了。宋初西昆体的领袖杨亿讥笑杜甫是"村夫子",大概就是嫌他叹老嗟卑的太多。但是杜甫"窃比稷与契",嗟叹的其实是天下之大,决不止于自己的鸡虫得失。杨亿是个得意的人,未免忘其所以,才说出这样不公道的话。可是像陈师道的诗,叹老嗟卑,吟来吟去,只关一己,的确叫人腻味。这就落了套子,落了套子就不免有些"无病呻吟",也就是有些"酸"了。

　　道学的兴起表示书生的地位加高,责任加重,他们更其自命不凡了,自嗟自叹也更多了。就是眼光如豆的真正的"村夫子"或"三家村学究",也要哼哼唧唧地在人面前卖弄那背得的几句死书,来嗟叹一切,好搭起自己的读书人的空架子。鲁迅先生笔下的"孔乙己",似乎是个更破落的读书人,然而"他对人说话,总是满口之乎者也,教人半懂不懂的"。人家说他偷书,他却争辩着,"窃书不能算偷……窃书!……读书人的事,能算偷么?""接连便是难懂的话,什么'君子固穷',什么'者乎'之类,引得众人都哄笑起来。"孩子们看着他的茴香豆的碟子。

　　　　孔乙己着了慌,伸开五指将碟子罩住,弯下腰去说道,"不多了,我已经不多了。"直起身又看一看豆,自己摇头说,"不多不多!'多乎哉?不多也。'"于是这一群孩子都在笑声里走散了。

破落到这个地步，却还只能"满口之乎者也"，和现实的人民隔得老远的，"酸"到这地步真是可笑又可怜了。"书生本色"虽然有时是可敬的，然而他的酸气总是可笑又可怜的。最足以表现这种酸气的典型，似乎是戏台上的文小生，尤其是昆曲里的文小生，那哼哼唧唧、扭扭捏捏、摇摇摆摆的调调儿，真够"酸"的！这种典型自然不免夸张些，可是许差不离儿罢。

　　向来说"寒酸""穷酸"，似乎酸气老聚在失意的书生身上。得意之后，见多识广，加上"一行作吏，此事便废"，那时就会不再执着在书上，至少不至于过分地执着在书上，那"酸气味"是可以多多少少"洗"掉的。而失意的书生也并非都有酸气。他们可以看得开些，所谓达观，但是达观也不易，往往只是伪装。他们可以看远大些，"梗概而多气"是雄风豪气，不是酸气。至于近代的知识分子，让时代逼得不能读死书或死读书，因此也就不再执着那些古书。文言渐渐改了白话，吟诵用不上了；代替吟诵的是又分又合的朗诵和唱歌。最重要的是他们看清楚了自己，自己是在人民之中，不能再自命不凡了。他们虽然还有些闲，可是要"常得无事"却也不易。他们渐渐丢了那空架子，脚踏实地向前走去。早些时还不免带着感伤的气氛，自爱自怜，一把眼泪一把鼻涕的；这也算是酸气，虽然念诵的不是古书而是洋书。可是这几年时代逼得更紧了，大家只得抹干了鼻涕眼泪走上前去。这才真是"洗尽书生气味酸"了。

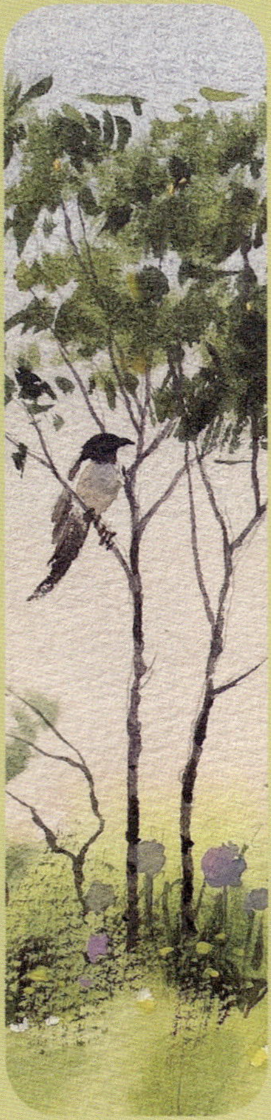

好朋友是从知道姓名起的

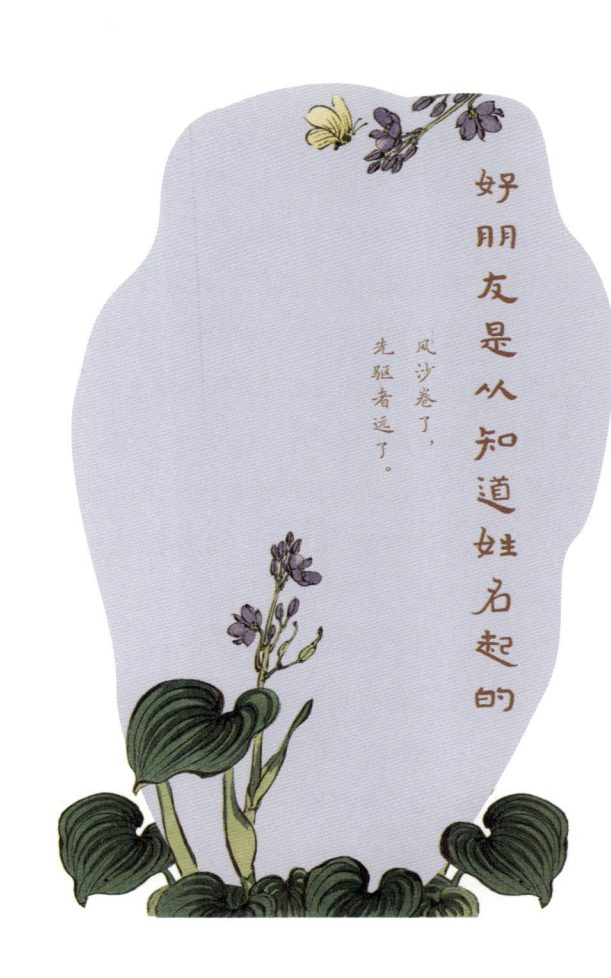

风沙卷了,
先驱者远了。

鲁迅先生会见记

和鲁迅先生只见过三面，现在写这篇短文作纪念。

第一次记得在十三年的夏天，我从白马湖到上海。有一天听郑振铎先生说，鲁迅先生到上海了。文学研究会想请他吃饭，叫我也去。我很高兴能会见这位《呐喊》的作者。那是晚上，有两桌客。自己因为不大说话，便和叶圣陶先生等坐在下一桌上；上一桌鲁迅先生外，有郑振铎、沈雁冰、胡愈之、夏丏尊诸位先生。他们谈得很起劲，我们这桌也谈得很起劲——因此却没有听到鲁迅先生谈的话。那晚他穿一件白色纺绸长衫，平头，多日未剪，长而干，和常见的相片一样。脸方方的，似乎有点青，没有一些表情，大约是饱经人生的苦辛而归于冷静了罢。看了他的脸，好像重读一篇《〈呐喊〉序》。席散后，胡愈之、夏丏尊几位到他旅馆去。到了他住室，他将长衫脱下，随手摺在床上。丏尊先生和他是在浙江时老朋友，心肠最好，爱管别人闲事；看见长衫放在床上，觉得不是地方，便和他说，这儿有衣钩，你可以把长衫挂起来。他没理会。过一会，丏尊先生又和他说，他却答道，长衫不一定要挂起来的。丏尊先生第二天告诉我，觉得鲁迅先生这人很有趣的。丏尊先生又告诉我，鲁迅先生在浙江时，抽烟最多，差不多不离口，晚上总要深夜才睡。还有，周予同先生在北平师大时，听过他讲中国小说史，讲得神采奕奕，特别是西王母的故事。这也是席散后谈起的。后两回会见，都在北平宫门口西三条他宅里，那时他北来看老太太的病。我们想请他讲演一次，所以去了两回。第一回他大约刚起来，在抽着水烟。谈了不多一会我就走了。他只说有个书铺要他将近来文字集起来出版叫《二心集》，问北平看到没有。我说好像卖起来有点不便似的。他说，这部书是卖了版权的。再一回看他，恰好他去师大讲演去了，朱夫人说就快回来了，我便等着。一会儿，果然回来了，鲁迅先生在前，还有T先生和三四位青年。我问讲的是什么，他说随便讲讲；第二天看报才知道是"穿皮鞋的人与穿草鞋的人"。（原题记不清了，大意如此。）他说没工夫给我们讲演了；我和他同T先生各谈了几句话，告辞。他送到门口，我问他几时再到北平来，他说不一定，也许明年春天。但是他从此就没有来，我们现在也再见不到他了。

我所见的叶圣陶

我第一次与圣陶见面是在民国十年的秋天。那时刘延陵兄介绍我到吴淞炮台湾中国公学教书。到了那边,他就和我说:"叶圣陶也在这儿。"我们都念过圣陶的小说,所以他这样告诉我。我好奇地问道:"怎样一个人?"出乎我的意外,他回答我:"一位老先生哩。"但是延陵和我去访问圣陶的时候,我觉得他的年纪并不老,只那朴实的服色和沉默的风度与我们平日所想象的苏州少年文人叶圣陶不甚符合罢了。

记得见面的那一天是一个阴天。我见了生人照例说不出话;圣陶似乎也如此。我们只谈了几句关于作品的泛泛的意见,便告辞了。延陵告诉我每星期六圣陶总回用直去;他很爱他的家。他在校时常邀延陵出去散步;我因与他不熟,只独自坐在屋里。不久,中国公学忽然起了风潮。我向延陵说起一个强硬的办法——实在是一个笨而无聊的办法——我说只怕叶圣陶未必赞成。但是出乎我的意外,他居然赞成了!后来细想他许是有意优容我们吧;这真是老大哥的态度呢。我们的办法自然是失败了,风潮延宕下去;于是大家都住到上海来。我和圣陶差不多天天见面;同时又认识了西谛,予同诸兄。这样经过了一个月;这一个月实在是我的

好朋友是从知道姓名起的

很好的日子。

我看出圣陶始终是个寡言的人。大家聚谈的时候,他总是坐在那里听着。他却并不是喜欢孤独,他似乎老是那么有味地听着。至于与人独对的时候,自然多少要说些话;但辩论是不来的。他觉得辩论要开始了,往往微笑着说:"这个弄不大清楚了。"这样就过去了。他又是个极和易的人,轻易看不见他的怒色。他辛辛苦苦保存着的《晨报》副张,上面有他自己的文字的,特地从家里捎来给我看;让我随便放在一个书架上,给散失了。当他和我同时发现这件事时,他只略露惋惜的颜色,随即说:"由他去末哉,由他去末哉!"我是至今惭愧着,因为我知道他作文是不留稿的。他的和易出于天性,并非阅历世故,矫揉造作而成。他对于世间妥协的精神是极厌恨的。在这一月中,我看见他发过一次怒——始终我只看见他发过这一次怒——那便是对于风潮的妥协论者的蔑视。

风潮结束了,我到杭州教书。那边学校当局要我约圣陶去。圣陶来信说:"我们要痛痛快快游西湖,不管这是冬天。"他来了,叫我上车站去接。我知道他到了车站这一类地方,是会觉得寂寞的。他的家实在太好了,他的衣着,一向都是家里管。我常想,他好像一个小孩子;像小孩子的天真,也像小孩子的离不开家里人。必须离开家里人时,他也得找些熟朋友伴着;孤独在他简直是有些可怕的。所以他到校时,本来是独住一屋的,却愿意将那间屋做我们两人的卧室,而将我那间做书室。这样可以常常相伴;我自然也乐意,我们不时到西湖边去;有时下湖,有时只喝喝酒。在校时各据一桌,我只预备功课,他却老是写小说和童话。初到时,学校当局来看过他。第二天,我问他:"要不要去看看他们?"他皱眉道:"一定要去么?等一天吧。"后来始终没有去。他是最反对

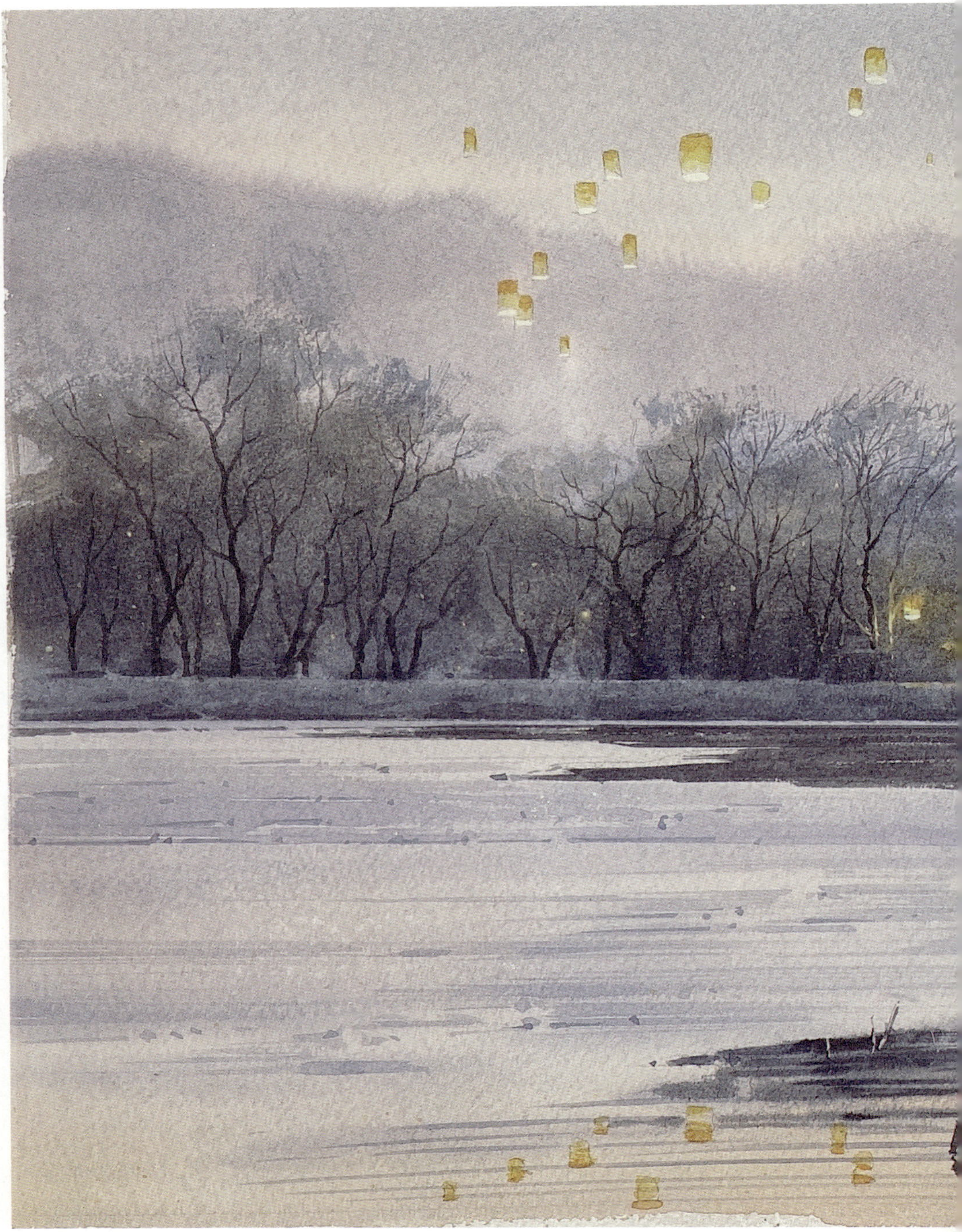

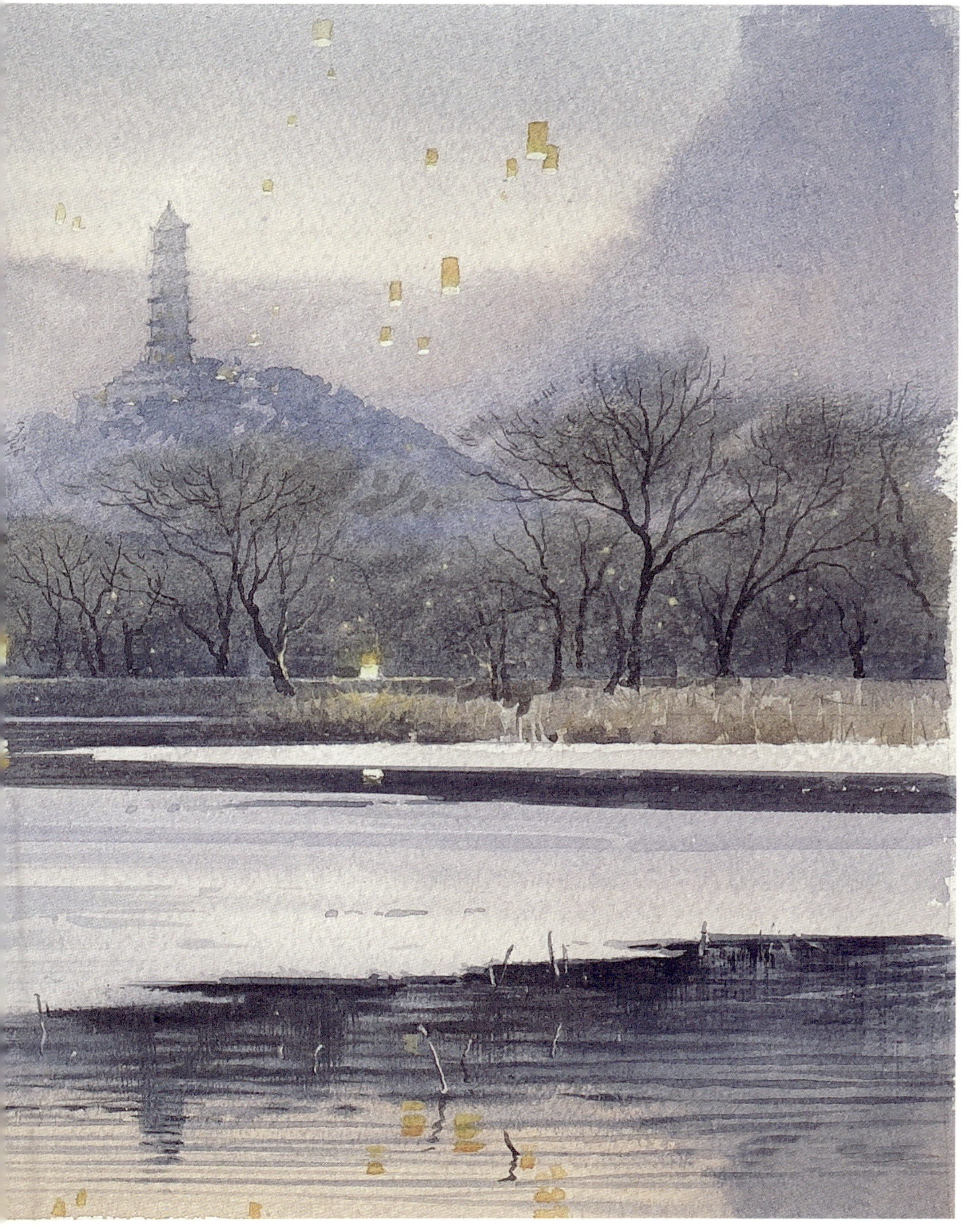

形式主义的。

那时他小说的材料，是旧日的储积；童话的材料有时却是片刻的感兴。如《稻草人》中《大喉咙》一篇便是。那天早上，我们都醒在床上，听见工厂的汽笛；他便说："今天又有一篇了，我已经想好了，来得真快呵。"那篇的艺术很巧，谁想他只是片刻的构思呢！他写文字时，往往拈笔伸纸，便手不停挥地写下去，开始及中间，停笔踌躇时绝少。他的稿子极清楚，每页至多只有三五个涂改的字。他说他从来是这样的。每篇写毕，我自然先睹为快；他往往称述结尾的适宜，他说对于结尾是有些把握的。看完，他立即封寄《小说月报》；照例用平信寄。我总劝他挂号；但他说："我老是这样的。"他在杭州不过两个月，写的真不少，教人羡慕不已。《火灾》里从《饭》起到《风潮》这七篇，还有《稻草人》中一部分，都是那时我亲眼看他写的。

在杭州待了两个月，放寒假前，他便匆匆地回去了；他实在离不开家，临去时让我告诉学校当局，无论如何不回来了。但他却到北平住了半年，也是朋友拉去的。我前些日子偶翻十一年的《晨报副刊》，看见他那时途中思家的小诗，重念了两遍，觉得怪有意思。北平回去不久，便入了商务印书馆编译部，家也搬到上海。从此在上海待下去，直到现在——中间又被朋友拉到福州一次，有一篇《将离》抒写那回的别恨，是缠绵悱恻的文字。这些日子，我在浙江乱跑，有时到上海小住，他常请了假和我各处玩儿或喝酒。有一回，我便住在他家，但我到上海，总爱出门，因此他老说没有能畅谈；他写信给我，老说这回来要畅谈几天才行。

十六年一月，我接眷北来，路过上海，许多熟朋友和我饯行，圣陶也在。那晚我们痛快地喝酒，发议论；他是照例地默着。酒喝完了，又去乱走，他也跟着。到了一处，朋友们和他开了个小玩笑；他脸上略露窘意，但仍微笑地默着。圣陶不是个浪漫的人；在一种意义上，他正是延陵所说的"老先生"。但他能了解别人，能谅解别人，他自己也能"作达"，所以仍然——也许格外——是可亲的。那晚快夜半了，走过爱多亚路，他向我诵周美成的词，"酒已都醒，如何消夜永！"我没有说什么；那时的心情，大约也不能说什么的。我们到一品香又消磨了半夜。这一回特别对不起圣陶；他是不能少睡觉的人。他家虽住在上海，而起居还依着乡居的日子；早七点起，晚九点睡。有一回我九点十分去，他家已熄了灯，关好门了。这种自然的、有秩序的生活是对的。那晚上伯祥说，"圣兄明天要不舒服了。"想起来真是不知要怎样感谢才好。

第二天我便上船走了，一眨眼三年半，没有上南方去。信也很少，却全是我的懒。我只能从圣陶的小说里看出他心境的迁变；这个我要留在另一文中说。圣陶这几年里似乎到十字街头走过一趟，但现在怎么样呢？我却不甚了然。他从前晚饭时总喝点酒，"以半醺为度"；近来不大能喝酒了，却学了吹笛——前些日子说已会一出《八阳》，现在该又会了别的了吧。他本来喜欢看看电影，现在又喜欢听听昆曲了。但这些都不是"厌世"，如或人所说的；圣陶是不会厌世的，我知道。又，他虽会喝酒，加上吹笛，却不曾抽什么"上等的纸烟"，也不曾住过什么"小小别墅"，如或人所想的，这个我也知道。

悼闻一多先生
——中国学术界的大损失

一

闻一多先生在昆明惨遭暗杀，激起全国的悲愤。这是民主运动的大损失，又是中国学术的大损失。关于后一方面，作者知道的比较多，现在且说个大概，来追悼这一位多年敬佩的老朋友。

大家都知道闻先生是一位诗人。他的《红烛》，尤其他的《死水》，读过的人很多。这些集子的特色之一，是那些爱国诗。在抗战以前他也许是唯一的爱国新诗人。这里可以看出他对文学的态度。新文学运动以来，许多作者都认识了文学的政治性和社会性而有所表现，可是闻先生认识得特别亲切，表现得特别强调。他在过去的诗人中最敬爱杜甫，就因为杜诗政治性和社会性最浓厚。后来他更进一步，注意原始人的歌舞：这是集团的艺术，也是与生活打成一片的艺术。他要的是热情，是力量，是火一样的生命。

但是他并不忽略语言的技巧，大家都记得他是提倡诗的新格律的人，也是创造诗的新格律的人。他创造自己的诗的语言，并且创造自己的散文的语言。诗大家都知道，不必细说；散文如《唐诗杂论》，可惜只有五篇，那经济的字句，那完密而短小的篇幅，简直是诗。我听他近来的演说，有两三回也是这么精悍，字字句句好似称量而出，却又那么自然流畅。他因此也特别能够体会古代语言的曲折处。当然，以上这些都得靠学力，但是更得靠才气，也就是想象。单就读古书而论，固然得先通文字声韵之学；可是还不够，要没有活泼的想象力，就只能做出点滴的饾饤的工作，决不能融会贯通的。这里需要细心，更需要大胆。闻先生能够体会到古代语言的表现方式，他的校勘古书，有些地方胆大得吓人，但却得细心吟味所得；平心静气读下去，不由人不信。校书本有死校活校之分；他自然是活校，而因为知识和技术的一般进步，他的成就骎骎乎驾活校的高邮王氏父子而上之。

他研究中国古代，可是他要使局部化了石的古代复活在现代人的心目中。因为这古代与现代究竟属于一个社会，一个国家，而历史是连贯的。我们要客观地认识古代；可是，是"我们"在客观地认识古代，现代的我们要能够在心目中想象古代的生活，要能够在心目中分享古代的生活，才能认识那活的古代，也许才是那真的古代——这也才是客观地认识古代。闻先生研究伏羲的故事或神话，是将这神话跟人们的生活打成一片；神话不是空想，不是娱乐，而是人民的生命欲和生活力的表现。这是死活存亡的消息，是人与自然斗争的记录，非同小可。他研究《楚辞》的神话，也是一样的态度。他看屈原，也将他放在整个时代整个社会里看。他承认屈原是伟大的天才；但天才是活人，不是偶像，只有这么看，屈原的真面目也许才能再现在我们心中。他研究《周易》里的故事，也是先有一整个社会的影像在心里。研究《诗经》也如此，他看出那些情诗里不少歌咏性生活的句子；他常说笑话，说他研究《诗经》，越来越"形而下"了——其实这正表现着生命的力量。

他是有幽默感的人；他的认识古代，有时也靠着这种幽默感。看《匡斋尺牍》里《狼跋》一篇，便知道他能够体会到别人从不曾体会到的古人的幽默感。而所谓"匡斋"本于匡衡说诗解人颐那句话，正是幽默的意思。他的《死水》里《闻一多先生的书桌》，也是一首难得的幽默的诗。他有着强大的生命力，常跟我们说要活到八十岁，现在还不满四十八岁，竟惨死在那卑鄙恶毒的枪下！有个学生曾瞻仰他的遗体，见他"遍身血迹，双手抱头，全身痉挛"。唉！他是不甘心的，我们也是不甘心的！

二

闻先生的惨死尤其是中国文学方面一个不容易补偿的损失。

闻先生的专门研究是《周易》，《诗经》，《庄子》，《楚辞》，唐诗，许多人都知道。他的研究工作至少有了二十年，发表的文字虽然不算太多，但积存的稿子却很多。这些并非零散的稿子，大都是成篇的，而且他亲手抄写得很工整。只是他总觉得还不够完密，要再加些功夫才愿意编篇成书。这可见他对于学术忠实而谨慎的态度。

他最初在唐诗上多用力量。那时已见出他是个考据家，并已见出他的考据的本领。他注重诗人的年代和诗的年代。关于唐诗的许多错误的解释与错误的批评，都由于错误的年代。他曾将唐代一部分诗人生卒年代可考者制成一幅图表，谁看了都会一目了然。他是学过图案画的，这帮助他在考据上发现了一种新技术；这技术是值得发展的。但如一般所知，他又是个诗人，并且是个在领导地位的新诗人，他亲自经过创作的甘苦，所以更能欣赏诗人与诗。他的《唐诗杂论》虽然只有五篇，但都是精彩逼人之作。这些不但将欣赏和考据融化得恰到好处，并且创造了一种诗样精粹的风格，读起来句句耐人寻味。

　　后来他在《诗经》，《楚辞》上多用力量。我们知道要了解古代文学，必须从语言下手，就是从文字声韵下手。但必须能够活用文字声韵的种种条例，才能有所创获。闻先生最佩服王念孙父子，常将《读书杂志》，《经义述闻》当作消闲的书读着。他在古书通读上有许多惊人而确切的发明。对于甲骨文和金文，也往往有独到之见。他研究《诗经》，注重那时代的风俗和信仰等等；这几年更利用弗洛依德以及人类学的理论得到一些深入的解释。他对《楚辞》的兴趣似乎更大，而尤集中于其中的神话。他的研究神话，实在给我们学术界开辟了一条新的大路。关于伏羲的故事，他曾将许多神话综合起来，头头是道，创见最多，关系极大。曾听他谈过大概，可惜写出来的还只是一小部分。他研究《周易》，是爱其中的片段的故事，注重的是社会生活经济生活的表现。近三四年他又专力研究《庄子》，探求原始道教的面目，并发见庄子一派政治上不合作的态度。以上种种都跟传统的研究不同：眼光扩大了，深入了，技术也更进步了，更周密了。所以贡献特别多，特别大。近年他又注意整个的中国文学史，打算根据经济史观去研究一番，可惜还没有动手就殉了道。

　　这真是我们一个不容易补偿的损失啊！

教育家的夏丏尊先生

夏丏尊先生是一位理想家。他有高远的理想，可并不是空想，他少年时倾向无政府主义，一度想和几个朋友组织新村，自耕自食，但是没有实现。他办教育，也是理想主义的。最足以表现他的是浙江上虞白马湖的春晖中学，那时校长是已故的经子渊先生（亨颐）。但是他似乎将学校的事全交给了夏先生。是夏先生约集了一班气味相投的教师，招来了许多外地和本地的学生，创立了这个中学。他给学生一个有诗有画的学术环境，让他们按着个性自由发展。学校成立了两年，我也去教书，刚一到就感到一种平静亲和的氛围气，是别的学校没有的。我读了他们的校刊，觉得特别亲切有味，也跟别的校刊大不同。我教着书，看出学生对文学和艺术的欣赏力和表现力都比别的同级的学校高得多。

但是理想主义的夏先生终于碰着实际的壁了。他跟他的多年的老朋友校长经先生意见越来越差异，跟他的至亲在学校任主要职务的意见也不投合。他一面在私人关系上还保持着对他们的友谊和亲谊；一面在学校政策上却坚执着他的主张，他的理论，不妥协，不让步。他不用强力，只是不合作；终于他和一些朋友都离开了春晖中学。朋友中匡互生等几位先生便到上海创办立达学园；可是夏先生对办学校从此灰心了。但他对教育事业并不灰心，这是他安身立命之处；于是又和一些朋友创办开明书店，创办《中学生杂志》，写作他所专长的国文科的指导书籍。《中学生杂志》和他的书的影响，是大家都知道的。他是始终献身于教育，献身于教育的理想的人。

夏先生是以宗教的精神来献身于教育的。他跟李叔同先生是多年好友。他原是学工的，他对于文学和艺术的兴趣，也许多少受了李先生的影响。他跟李先生有杭州省立第一师范学校同事，校长就是经子渊先生。李先生和他都在实践感化教育，的确收了效果；我从受过他们的教的人可以亲切地看出。后来李先生出了家，就是弘一师。夏先生和我说过，那时他也认真地考虑过出家。他虽然到底没有出家，可是受弘一师的感动极大，他简直信仰弘一师。自然他对佛教也有了信仰，但不在仪式上。他是热情的人，他读《爱的教育》，曾经流了好多泪。他翻译这本书，是抱着佛教徒了愿的精神在动笔的，从这件事上可以见出他将教育和宗教打成一片。这也正是他的从事教育事业的态度。他爱朋友，爱青年，他关心他们的一切。在春晖中学时，学生给他一个绰号叫作"批评家"，同事也常和他开玩笑，说他有"支配欲"。其实他只是太关心别人了，忍不住参加一些意见罢了。他的态度永远是亲切的，他的说话也永远是亲切的。

夏先生才真是一位诲人不倦的教育家。

怀魏握青君

两年前差不多也是这些日子吧，我邀了几个熟朋友，在雪香斋给握青送行。雪香斋以绍酒著名。这几个人多半是浙江人，握青也是的，而又有一两个是酒徒，所以便拣了这地方。说到酒，莲花白太腻，白干太烈；一是北方的佳人，一是关西的大汉，都不宜于浅斟低酌。只有黄酒，如温旧书，如对故友，真是醰醰有味。只可惜雪香斋的酒还上了色；若是"竹叶青"，那就更妙了。握青是到美国留学去，要住上三年；这么远的路，这么多的日子，大家确有些惜别，所以那晚酒都喝得不少。出门分手，握青又要我去中天看电影。我坐下直觉头晕。握青说电影如何如何，我只糊糊涂涂听着；几回想张眼看，却什么也看不出。终于支持不住，出其不意，哇地吐出来了。观众都吃一惊，附近的人全堵上了鼻子；这真有些惶恐。握青扶我回到旅馆，他也吐了。但我们心里都觉得这一晚很痛快。我想握青该还记得那种狼狈的光景吧？

我与握青相识，是在东南大学。那时正是暑假，中华教育改进社借那儿开会。我与方光焘君去旁听，偶然遇着握青；方君是他的同乡，一向认识，便给我们介绍了。那时我只知道他很活动，会交际而已。匆匆一面，便未再见。三年前，我北来作教，恰好与他同事。我初到，许多事都不知怎样做好；他给了我许多帮助。我们同住在一个院子里，吃饭也在一处。因此常和他谈论。我渐渐知道他不只是很活动，会交际；他有他的真心，他有他的锐眼，他也有他的傻样子。许多朋友都以为他是个傻小子，大家都叫他老魏，连听差背地里也是这样叫他；这个太亲昵的称呼，只有他有。

但他决不如我们所想的那么"傻"，他是个玩世不恭的人——至少我在北京见着他是如此。那时他已一度受过人生的戒，从前所有多或少的严肃气氛，暂时都隐藏起来了；剩下的只是那冷然地玩弄一切的态度。我们知道这种剑锋般的态度，若赤裸裸地露出，便是自己矛盾，所以总得用了什么法子盖藏着。他用的是一副傻子的面具。我有时要揭开他这副面具，他便说我是《语丝》派。但他知道我，并不比我知道他少。他能由我一个短语，知道全篇的故事。他对于别人，也能知道；但只默喻着，不大肯说出。他的玩世，在有些事情上，也许太随便些。但以或种意义说，他要复仇；人总是人，又有什么办法呢？至少我是原谅他的。

以上其实也只说得他的一面；他有时也能为人尽心竭力。他曾为我决定一件极为难的事。我们沿着墙根，走了不知多少趟；他源源本本，条分缕析地将形势剖解给我听。你想，这岂是傻子所能做的？幸亏有这一面，他还能高高兴兴过日子；不然，没有笑，没有泪，只有冷脸，只有"鬼脸"，岂不郁郁地闷煞人！

我最不能忘的，是他动身前不多时的一个月夜。电灯灭后，月光照了满院，柏树森森地竦立着。屋内人都睡了；我们站在月光里，柏树旁，看着自己的影子。他轻轻地诉说他生平冒险的故事。说一会，静默一会。

这是一个幽奇的境界。他叙述时，脸上隐约浮着微笑，就是他心地平静时常浮在他脸上的微笑；一面偏着头，老像发问似的。这种月光，这种院子，这种柏树，这种谈话，都很珍贵；就由握青自己再来一次，怕也不一样的。

他走之前，很愿我做些文字送他；但又用玩世的态度说，"怕不肯吧？我晓得，你不肯的。"我说，"一定做，而且一定写成一幅横批——只是字不行些。"但是我惭愧我的懒，那"一定"早已几乎变成"不肯"了！而且他来了两封信，我竟未复只字。这叫我怎样说好呢？我实在有种坏脾气，觉得路太遥远，竟有些渺茫一般，什么便都因循下来了。好在他的成绩很好，我是知道的；只此就很够了。别的，反正他明年就回来，我们再好好地谈几次，这是要紧的——我想，握青也许不那么玩世了吧。

房东太太

歇卜士太太（Mrs. Hibbs）没有来过中国，也并不怎样喜欢中国，可是我们看，她有中国那老味儿。她说人家笑她母女是维多利亚时代的人，那是老古板的意思；但她承认她们是的，她不在乎这个。

真的，圣诞节下午到了她那间黯淡的饭厅里，那家具，那人物，那谈话，都是古气盎然，不像在现代。这时候她还住在伦敦北郊芬乞来路（Finchley Road）。那是一条阔人家的路；可是她的房子已经抵押满期，经理人已经在她门口路边上立了一座木牌，标价招买，不过半年多还没人过问罢了。那座木牌，和篮球架子差不多大，只是低些；一走到门前，准看见。晚餐桌上，听见厨房里尖叫了一声，她忙去看了，回来说，火鸡烤枯了一点，可惜，二十二磅重，还是卖了几件家具买的呢。她可惜的是火鸡，倒不是家具；但我们一点没吃着那烤枯了的地方。

她爱说话，也会说话，一开口滔滔不绝；押房子，卖家具等等，都会告诉你。但是只高高兴兴地告诉你，至少也平平淡淡地告诉你，决不垂头丧气，决不唉声叹气。她说话是个趣味，我们听话也是个趣味（在她的话里，她死了的丈夫和儿子都是活的，她的一些住客也是活的）；

所以后来虽然听了四个多月，倒并不觉得厌倦。有一回早餐时候，她说有一首诗，忘记是谁的，可以作她的墓铭，诗云：

　　这儿一个可怜的女人，
　　她在世永没有住过嘴。
　　上帝说她会复活，
　　我们希望她永不会。

其实我们倒是希望她会的。

道地的贤妻良母，她是；这里可以看见中国那老味儿。她原是个阔小姐，从小送到比利时受教育，学法文，学钢琴。钢琴大约还熟，法文可生疏了。她说街上如有法国人向她问话，她想起答话的时候，那人怕已经拐了弯儿了。结婚时得着她姑母一大笔遗产；靠着这笔遗产，她支持了这个家庭二十多年。歇卜士先生在剑桥大学毕业，一心想作诗人，成天住在云里雾里。他二十年只在家里待着，偶然教几个学生。他的诗送到剑桥的刊物上去，原稿却寄回了，附着一封客气的信。他又自己花钱印了一小本诗集，封面上注明，希望出版家采纳印行，但是并没有什么回响。太太常劝先生删诗行，譬如说，四行中可以删去三行罢；但是他不肯割爱，于是乎只好敝帚自珍了。

歇卜士先生却会说好几国话。大战后太太带了先生小姐，还有一个朋友去逛意大利；住旅馆雇船等等，全交给诗人的先生办，因为他会说意大利话。幸而没出错儿。临上火车，到了站台上，他却不见了。眼见车就要开了，太太这一急非同小可，又不会说给别人，只好教小姐去张看，却不许她远走。好容易先生钻出来了,从从容容的,原来他上"更衣室"来着。

太太最伤心她的儿子。他也是大学生,长得一表人才。大战时去从军;训练的时候偶然回家,非常爱惜那庄严的制服,从不教它有一个褶儿。大战快完的时候,却来了恶消息,他尽了他的职务了。太太最伤心的是这个时候的这种消息;她在举世庆祝休战声中,迷迷糊糊过了好些日子。后来逛意大利,便是解闷儿去的。她那时甚至于该领的恤金,无心也不忍去领。等到限期已过,即使要领,可也不成了。

小姐现在是她唯一的亲人;她就为这个女孩子活着。早晨一块儿拾掇拾掇屋子,吃完了早饭,一块儿上街散步,回来便坐在饭厅里,说说话,看看通俗小说,就过了一天。晚上睡在一屋里。一星期也同出去看一两回电影。小姐大约有二十四五了,高个儿,总在五英尺十寸左右;蟹壳脸,露牙齿,脸上倒是和和气气的。爱笑,说话也天真得像个十二三岁小姑娘。先生死后,他的学生爱利斯(Ellis)很爱歇卜士太太,几次想和她结婚,她不肯。爱利斯是个传记家,有点小名气。那回诗人德拉梅在伦敦大学院讲文学的创造,曾经提到他的书。他很高兴,在歇卜士太太晚餐桌上特意说起这个。但是太太说他的书干燥无味,他送来,她们只翻了三五页就搁在一边儿了。她说最恨猫怕狗,连书上印的狗都怕,爱利斯却养着一大堆。她女儿最爱电影,爱利斯却瞧不起电影。她的不嫁,怎么穷也不嫁,一半为了女儿。

这房子招徕住客,远在歇卜士先生在世时候。那时只收一个人,每日供早晚两餐,连宿费每星期五镑钱,合八九十元,够贵的。广告登出了,第一个来的是日本人,他们答应下了。第二天又来了个西班牙人,却只好谢绝了。从此住这所房的总是日本人多；先生死了，住客多了，后来竟有"日本房"的名字。这些日本人有一两个在外边有女人，有一个还让女人骗了，他们都回来在饭桌上报告，太太也同情地听着。有一回，一个人忽然在饭桌上谈论自由恋爱，而且似乎是冲着小姐说的。这一来太太可动了气。饭后就告诉那个人，请他另外找房住。这个人走了，可是日本人有个俱乐部，他大约在俱乐部里报告了些什么，以后日本人来住的便越过越少了。房间老是空着，太太的积蓄早完了；还只能在房子上打主意，这才抵押了出去。那时自然盼望赎回来，可是日子一天一天过去，情形并不见好。房子终于标卖，而且圣诞节后不久，便卖给一个犹太人了。她想着年头不景气，房子且没人要呢，哪知犹太人到底有钱，竟要了去，经理人限期让房。快到期了，她直说来不及。经理人又向法院告诉，法院出传票教她去。她去了，女儿搀扶着；她从来没上过堂，法官说欠钱不让房，是要坐牢的。她又气又怕，几乎昏倒在堂上；结果只得答应了加紧找房。这种种也都是为了女儿，她可一点儿不悔。

她家里先后也住过一个意大利人，一个西班牙人，都和小姐做过爱；那西班牙人并且和小姐订过婚，后来不知怎样解了约。小姐倒还惦着他，说是"身架真好看！"太太却说，"那是个坏家伙！"后来似乎还有个"坏家伙"，那是太太搬到金树台的房子里才来住的。他是英国人，叫凯德，四十多了。先是作公司兜售员，沿门兜售电气扫除器为生。有一天撞到太太旧宅里去了，他要表演扫除器给太太看，太太拦住他，说不必，她没有钱；她正要卖一批家具，老卖不出去，烦着呢。凯德说可以介绍一家公司来买；那一晚太太很高兴，想着他定是个大学毕业生。没两天，果然介绍了一家公司，将家具买去了。他本来住在他姊姊家，却搬到太太家来了。他没有薪水，全靠兜售的佣金；而电气扫除器那东西价钱很大，不容易脱手。所以便干搁起来了。这个人只是个买卖人，不是大学毕业生。大约穷了不止一天，他有个太太，在法国给人家看孩子，没钱，接不回来；住在姊姊家，也因为穷，让人家给请出来了。搬到金树台来，起初整付了一回房饭钱，后来便零碎地半欠半付，后来索性付不出了。不但不付钱，有时连午饭也要叨光。如是者两个多月，太太只得将他赶了出去。回国后接着太太的信，才知道小姐却有点喜欢凯德这个"坏蛋"，大约还跟他来往着。太太最提心这件事，小姐是她的命，她的命决不能交在一个"坏蛋"手里。

小姐在芬乞来路时，教着一个日本太太英文。那时这位日本太太似乎非常关心歇卜士家住着的日本先生们，老是问这个问那个的；见了他们，也很亲热似的。歇卜士太太瞧着不大顺眼，她想着这女人有点儿轻狂。凯德的外甥女有一回来了，一个摩登少女。她照例将手绢掖在袜带子上，拿出来用时，让太太看在眼里。后来背地里议论道，"这多不雅相！"太太在小事情上是很敏锐的。有一晚那爱尔兰女仆端菜到饭厅，没有戴白帽檐儿。太太很不高兴，告诉我们，这个侮辱了主人，也侮辱了客人。任那女仆是个"社会主义"的贪婪的人，也许匆忙中没想起戴帽檐儿；压根儿她怕就觉得戴不戴都是无所谓的。记得那回这女仆带了男朋友到金树台来，是个失业的工人。当时刚搬了家，好些零碎事正得一个人。太太便让这工人帮帮忙，每天给点钱。这原是一举两得，各厢情愿的。不料女仆却当面说太太揩了穷小子的油。太太听说，简直有点莫名其妙。

太太不上教堂去，可是迷信。她虽是新教徒，可是有一回丢了东西，却照人家传给的法子，在家点上一支蜡，一条腿跪着，口诵安东尼圣名，说是这么着东西就出来了。拜圣者是旧教的花样，她却不管。每回做梦，早餐时总翻翻占梦书。她有三本占梦书；有时她笑自己，三本书说的都不一样，甚至还相反呢。喝碗茶，碗里的茶叶，她也爱看；看像什么字头，便知是姓什么的来了。她并不盼望访客，她是在盼望住客啊。到金树台时，前任房东太太介绍一位英国住客继续住下。但这位半老的住客却嫌客人太少，女客更少，又嫌饭桌上没有笑，没有笑话；只看歇卜士太太的独角戏，老母亲似的唠唠叨叨，总是那一套。他终于托故走了，搬到别处去了。我们不久也离开英国，房子于是乎空空的。去年接到歇卜士太太来信，她和女儿已经作了人家管家老妈了；"维多利亚时代"的上流妇人，这世界已经不是她的了。

白采

盛暑中写《白采的诗》一文，刚满一页，便因病搁下。这时候薰宇来了一封信，说白采死了，死在香港到上海的船中。他只有一个人；他的遗物暂存在立达学园里。有文稿，旧体诗词稿，笔记稿，有朋友和女人的通信，还有四包女人的头发！我将薰宇的信念了好几遍，茫然若失了一会；觉得白采虽于生死无所容心，但这样的死在将到吴淞口了的船中，也未免太惨酷了些——这是我们后死者所难堪的。

白采是一个不可捉摸的人。他的历史，他的性格，现在虽从遗物中略知梗概，但在他生前，是绝少人知道的；他也绝口不向人说，你问他他只支吾而已。他赋性既这样遗世绝俗，自然是落落寡合了；但我们却能够看出他是一个好朋友，他是一个有真心的人。

"不打不成相识"，我是这样的知道了白采的。这是为学生李芳诗集的事。李芳将他的诗集交我删改，并嘱我作序。那时我在温州，他在上海。我因事忙，一搁就是半年；而李芳已因不知名的急病死在上海。我很懊悔我的需缓，赶紧抽了空给他工作。正在这时，平伯转来白采的信，短短的两行，催我设法将李芳的诗出版；又附了登在《觉悟》上的小说

《作诗的儿子》，让我看看——里面颇有讥讽我的话。我当时觉得不应得这种讥讽，便写了一封近两千字的长信，详述事件首尾，向他辩解。信去了便等回信；但是杳无消息。等到我已不希望了，他才来了一张明信片；在我看来，只是几句半冷半热的话而已。我只能以"岂能尽如人意？但求无愧我心！"自解，听之而已。

但平伯因转信的关系，却和他常通函札。平伯来信，屡屡说起他，说是一个有趣的人。有一回平伯到白马湖看我。我和他同往宁波的时候，他在火车中将白采的诗稿《羸疾者的爱》给我看。我在车身不住的动摇中，读了一遍。觉得大有意思。我于是承认平伯的话，他是一个有趣的人。我又和平伯说，他这篇诗似乎是受了尼采的影响。后来平伯来信，说已将此语函告白采，他颇以为然。我当时还和平伯说，关于这篇诗，我想写一篇评论；平伯大约也告诉了他。有一回他突然来信说起此事；他盼望早些见着我的文字，让他知道在我眼中的他的诗究竟是怎样的。我回信答应他，就要做的。以后我们常常通信，他常常提及此事。但现在是三年以后了，我才算将此文完篇；他却已经死了，看不见了！他暑假前最后给我的信还说起他的盼望。天啊！我怎样对得起这样一个朋友，我怎样挽回我的过错呢？

平伯和我都不曾见过白采，大家觉得是一件缺憾。有一回我到上海，和平伯到西门林荫路新正兴里五号去访他：这是按着他给我们的通信地址去的。但不幸得很，他已经搬到附近什么地方去了；我们只好嗒然而归。新正兴里五号是朋友延陵君住过的：有一次谈起白采，他说他姓童，在美术专门学校念书；他的夫人和延陵夫人是朋友，延陵夫妇曾借住他们所赁的一间亭子间。那是我看延陵时去过的，床和桌椅都是白漆的；

是一间虽小而极洁净的房子，几乎使我忘记了是在上海的西门地方。现在他存着的摄影里，据我看，有好几张是在那间房里照的。又从他的遗札里，推想他那时还未离婚；他离开新正兴里五号，或是正为离婚的缘故，也未可知。这却使我们事后追想，多少感着些悲剧味了。但平伯终于未见着白采，我竟得和他见了一面。那是在立达学园我预备上火车去上海前的五分钟。这一天，学园的朋友说白采要搬来了；我从早上等了好久，还没有音信。正预备上车站，白采从门口进来了。他说着江西话，似乎很老成了，是饱经世变的样子。我因上海还有约会，只匆匆一谈，便握手作别。他后来有信给平伯说我"短小精悍"，却是一句有趣的话。这是我们最初的一面，但谁知也就是最后的一面呢！

　　去年年底，我在北京时，他要去集美作教；他听说我有南归之意，因不能等我一面，便寄了一张小影给我。这是他立在露台上远望的背影，他说是聊寄伫盼之意。我得此小影，反复把玩而不忍释，觉得他真是一个好朋友。这回来到立达学园，偶然翻阅《白采的小说》，《作诗的儿子》一篇中讥讽我的话，已经删改；而薰宇告我，我最初给他的那封长信，他还留在箱子里。这使我惭愧从前的猜想，我真是小器的人哪！但是他现在死了，我又能怎样呢？我只相信，如爱墨生的话，他在许多朋友的心里是不死的！

图书在版编目（CIP）数据

朱自清：我们今天看花去 / 朱自清著. -- 北京：中国致公出版社，2024.12

ISBN 978-7-5145-2199-3

Ⅰ.①朱… Ⅱ.①朱… Ⅲ.①散文集 – 中国 – 现代 Ⅳ.①I266

中国国家版本馆CIP数据核字(2023)第232520号

朱自清：我们今天看花去 / 朱自清 著
ZHU ZIQING：WOMEN JINTIAN KAN HUA QU

出　　版	中国致公出版社
	（北京市朝阳区八里庄西里100号住邦2000大厦1号楼西区21层）
出　　品	湖北知音动漫有限公司
	（武汉市东湖路179号）
发　　行	中国致公出版社（010 - 66121708）
作品企划	知音动漫图书·文艺坊
策划编辑	方　莹
责任编辑	李　舟　雷　琛
责任校对	吕冬钰
装帧设计	郑雨薇
责任印刷	翟锡麟
印　　刷	武汉精一佳印刷有限公司
版　　次	2024年12月第1版
印　　次	2024年12月第1次印刷
开　　本	960 mm×640 mm　1/16
印　　张	15
字　　数	172千字
书　　号	ISBN 978-7-5145-2199-3
定　　价	45.00元

版权所有，盗版必究（举报电话：027- 68890818）
（如发现印装质量问题，请寄本公司调换，电话：027- 68890818）